@SSASSINS.NET

@SSASSINS.NET

CHRISTIAN GRENIER

RAGEOT • ÉDITEUR

Le réel n'est plus qu'un cas particulier du possible, que les techniques déploient à l'infini et dont la science se sert comme d'un instrument de mesure métaphysique.

Jean-Michel Besnier
In *Science et Avenir* hors série d'octobre 1998

ISBN 2-7002-2914-2
ISSN 1766-3016

1

Logicielle lisait l'article consacré à l'accident de la centrale nucléaire du Blayais quand Max entrebâilla la porte de son bureau.

– J'ai un client qui insiste pour te parler. Tu peux le recevoir ?

On était le vendredi 3 août, neuf heures du matin. Le commissaire Delumeau était parti en vacances la veille ; excepté six vols de voitures et divers larcins au marché de Saint-Denis, la semaine avait été calme. Les cambrioleurs patientaient encore pour être sûrs que les pavillons seraient vidés de leurs propriétaires.

Logicielle invita le visiteur à s'asseoir. Avec son costume gris et ses petites lunettes, il semblait gauche, inoffensif. D'un autre âge. C'est d'une voix éteinte, presque timide, qu'il demanda :

– Quand un meurtre a été commis, mademoiselle, et que l'assassin n'a pu être identifié, peut-on clore le dossier ?

– Un dossier n'est jamais vraiment clos. On peut toujours le rouvrir.

L'inconnu n'avait pourtant pas la tête d'un assassin. Ni celle d'une victime.

– Pourrais-je savoir qui vous êtes et ce que vous désirez ? reprit Logicielle, sur la défensive.

– Je m'appelle Jean Perrault. J'enseigne à l'université de Paris XIII. En littérature comparée. Ma spécialité, c'est le théâtre du XVIIe siècle. Ce que je désire ? Identifier un meurtrier. Car l'un des membres de ma famille a été assassiné, j'en ai la conviction. Or on a longtemps voulu faire passer ce crime pour un accident.

Dans cette déclaration gravissime, un mot intrigua Logicielle.

– Qu'entendez-vous par longtemps ? Et de qui s'agit-il ?

Elle s'était résignée à prendre des notes. Le plaignant se pencha vers le bureau pour murmurer poliment :

– S'il vous plaît... Perrault s'écrit comme Charles Perrault, l'auteur des contes, vous savez ? Non, non, a-u-l-t, voilà, merci.

À cet instant, Logicielle devina que Jean Perrault était un homme dangereux. Dangereux parce qu'obstiné. Elle comprit que s'il parvenait à semer le doute dans son esprit, elle le suivrait jusqu'au bout. Parce qu'elle se savait capable du même entêtement.

– Monsieur Perrault, reprit-elle, vous n'avez pas répondu à mes questions. Qui a été assassiné ? Et quand ce crime a-t-il eu lieu ?

Le professeur hésita. Puis, avec le plus grand sérieux, il annonça :

– Les faits remontent à l'automne 1654. La victime est l'un de mes ascendants, à la onzième génération. Oh, vous en avez entendu parler…

Clouée par la stupéfaction, Logicielle était incapable de répondre.

Jean Perrault avoua enfin :

– Il s'agit de Cyrano de Bergerac.

La porte s'entrouvrit sur la tête de Max. Il adressa à Logicielle un sourire interrogatif et inquiet. Elle le congédia d'un geste qui signifiait : ne t'inquiète pas, je maîtrise la situation, je t'expliquerai, laisse-moi.

– Vous pensez à une plaisanterie, madame l'inspectrice ?

– Appelez-moi lieutenant. Une plaisanterie ? Mais non, je vous écoute.

Logicielle avait déjà eu affaire à des détraqués. Les écouter suffisait à les apaiser. Mais Perrault n'en avait pas le profil.

– Même s'il resta célibataire, Cyrano de Bergerac eut un enfant. Je suis bien son descendant : j'ai reconstitué mon arbre généalogique…

Le professeur extirpa des feuilles d'une petite serviette de cuir.

– Inutile, monsieur Perrault ! Je ne conteste pas vos recherches. Je ne doute pas que vous soyez le… le descendant de Cyrano.

D'instinct, son regard se porta vers le nez du professeur. Un nez tout à fait ordinaire, ni long, ni gros, ni proéminent. Perrault, qui avait remarqué ce coup d'œil furtif, réprima un sourire.

– Vous savez qui était Cyrano de Bergerac, mademoiselle ?

– Ma foi, tout le monde connaît la pièce d'Edmond Rostand ! Cyrano était un personnage hors du commun. Un Gascon. Un poète…

Logicielle n'avait vu que le film. Perrault eut une moue indulgente.

– Ce personnage de théâtre n'est que le reflet d'un homme qui a existé : Savinien de Cyrano dit de Bergerac, un écrivain du XVIIe siècle !

Une image surgit dans la mémoire de Logicielle : celle d'une petite place, à cent mètres des bords de la Dordogne, au cœur du vieux Bergerac. Trois mois plus tôt, son ami Germain Germain-Germain, commissaire dans cette ville, l'y avait emmenée. Il lui avait montré la statue de Cyrano – avec sa cape, son épée et son nez cassé. Eh oui ! Des touristes indélicats dérobaient plusieurs fois par an le bout du nez de Cyrano. Et régulièrement, un artisan réparait l'appendice. Elle s'écria :

– Oh, je sais qu'il a existé ! Il est né à Bergerac, en Gascogne.

– Pardonnez-moi de vous détromper, fit Perrault avec une grimace polie. Mais Bergerac se trouve en Dordogne, dans le Périgord, et Cyrano n'y a jamais mis les pieds. Il est né à Paris en 1619, dans une famille bourgeoise.

– Pourquoi s'appelait-il de Bergerac ?

– Voyez-vous, le grand-père de Cyrano était un marchand de poissons. En 1582, après avoir acheté une charge de notaire et de secrétaire du roi, il fit l'acquisition du fief de Bergerac, une petite terre située près de Paris, dans la vallée de Chevreuse.

Logicielle eut l'impression que Perrault lui faisait la leçon, comme à une étudiante prise en faute. Difficile de l'arrêter sur sa lancée…

– Le Cyrano qui nous intéresse prit l'habitude de signer de Bergerac, créant ainsi un titre de noblesse… imaginaire et injustifié !

– Je comprends, coupa-t-elle. Et si vous en veniez aux faits ?

Arrêté dans son élan, le professeur, résigné, reprit :

– Soit, je résume. Après ses études, Cyrano s'engage dans une compagnie de gardes. Susceptible, il se bat souvent en duel. Il devient un militaire habile. Blessé, il quitte le métier des armes. Il fréquente Molière et suit les cours du savant Gassendi. Il se met à écrire. Ses lettres, ses poésies, ses pièces et ses pamphlets rivalisent d'audace…

Perrault s'enflammait, comme s'il puisait dans le souvenir – ou les gènes ? – de son ancêtre un peu de sa truculence ou de son génie.

– Car Cyrano, mademoiselle, veut rester indépendant à une époque où tout créateur dépend d'un protecteur. C'est un esprit scientifique qui lutte contre l'obscurantisme, les superstitions... bref, un libertin. Ses œuvres sont interdites. Il vit pauvrement, entouré d'ennemis. À l'automne 1654, il reçoit une poutre sur la tête...

– Comme dans la pièce d'Edmond Rostand ?

– En effet ! Et ce lâche attentat est un assassinat ! Cyrano mourra des suites de sa blessure, le 28 juillet 1655, à trente-six ans...

Rassurée, Logicielle se leva et tendit la main à son interlocuteur.

– Monsieur Perrault, je suis ravie d'avoir fait la connaissance du descendant de Cyrano ! Mais je vois mal en quoi vous être utile.

Le professeur était resté assis. Elle comprit qu'il lui faudrait l'amadouer.

– Les faits remontent à... voyons, trois siècles et demi ?

– Vous m'avez affirmé qu'un dossier n'était jamais clos ?

– Exact. Mais si mes calculs sont bons, l'assassin de votre ancêtre a dû mourir depuis un certain temps, lui aussi !

– Eh bien je veux qu'il soit identifié. Et condamné. Par contumace.

Logicielle crut deviner les motifs de cette accusation à retardement.

– Il y a une histoire d'héritage là-dessous, n'est-ce pas ? Vous réclamez les biens dont votre ancêtre a été spolié ?

– Pas du tout. Cyrano n'a laissé que des dettes. Et tous ses manuscrits sont déposés à la Bibliothèque nationale. Ce que je veux, c'est savoir qui l'a tué. Pour quels motifs. Éclaircir une énigme historique jamais résolue, n'est-ce pas une motivation suffisante ?

Cette fois, Logicielle eut du mal à réfréner son exaspération.

– Je pense surtout, monsieur Perrault, qu'une telle enquête n'est pas de notre ressort. Vous avez frappé à la mauvaise porte !

– Je ne crois pas. Vous êtes bien la fameuse Logicielle, du département de la police scientifique, spécialiste en informatique ?

Il se leva pour prendre congé. Et lança, provocateur et narquois :

– Aujourd'hui, je peux vous fournir les moyens de découvrir qui a tué Cyrano. Et je crois que vous êtes la mieux placée pour mener cette enquête exceptionnelle. Même si elle doit se dérouler… dans le passé !

Troublée, Logicielle lui fit signe de se rasseoir.

– En fait, avoua Perrault, je fais appel à vous sur les conseils de mon beau-frère, François-Paul Kostovitch. Vous le connaissez, n'est-ce pas ?

– Kosto ? Le PDG de Neuronic Computer France ?

Bien sûr qu'elle le connaissait ! Elle l'avait sorti d'un méchant pétrin à l'époque où l'ordinateur conçu par ses ingénieurs, l'OMNIA 3, était soupçonné d'être à l'origine d'une série de meurtres[1].

– Pourquoi n'avez-vous pas commencé par là ? Ainsi, vous êtes le beau-frère de Kos... de M. Kostovitch ?

– Oui, ma sœur a épousé Kosto – c'est ainsi que nous l'appelons tous, nous aussi, dans l'intimité. Naturellement Logicielle, vous connaissez la puissance de l'OMNIA 3. Comme Kosto et son équipe cherchaient l'an dernier de nouvelles pistes pour en exploiter les possibilités, ma sœur nous a persuadés, son mari et moi, de nous lancer dans un projet un peu fou... À propos, connaissez-vous le site Internet du Deuxième Monde ?

Logicielle ne voyait pas où Perrault voulait en venir.

– Second World ? Cette reconstitution virtuelle de Paris ? Bien sûr.

Elle n'ajouta pas qu'elle jugeait le site décevant : une métropole déserte, dans laquelle les internautes pouvaient louer un appartement, visiter des expositions, assister à des concerts ou... en produire.

1. Lire *L'Ordinatueur* du même auteur, dans la même collection.

Derrière leurs lunettes, les yeux du prof se mirent à briller.

– Alors vous allez vite comprendre, reprit-il avec enthousiasme. Kosto et son équipe ont conçu un logiciel baptisé « Le Troisième Monde ». Son décor est la réplique exacte du Paris de 1654. Là évoluent des personnages virtuels dont le physique, le langage et la personnalité sont conformes à ce que l'Histoire nous en a livré.

Perrault toussota et précisa avec une modestie mal dissimulée :

– C'est moi qui ai fourni la documentation, notamment le portrait fidèle de toutes les grandes figures du temps : le jeune Louis XIV, Molière, Gassendi, Mazarin... et bien sûr Cyrano.

Logicielle, qui réfléchissait, murmura :

– Des personnages conformes, des portraits fidèles... en êtes-vous sûr, monsieur Perrault ? Vos personnages ne peuvent pas être identiques aux originaux.

– Vous avez raison. Ce sont des approximations. Mais lorsque vous reconstituez un crime plusieurs mois après les faits, procédez-vous autrement ? Vous tentez de recréer des conditions similaires à celles du meurtre. De même, j'espère identifier le meurtrier de Cyrano en mettant en scène l'environnement qui était le sien il y a trois siècles et demi.

– Mais qui vous dit que l'assassin de Cyrano est l'un des personnages que vous avez reconstitués ? S'il s'agissait d'un vulgaire brigand, d'un mari trompé ou d'un obscur poète jaloux dont vous ignorez l'existence car l'Histoire n'en fait pas mention ?

Perrault hochait la tête comme s'il détenait la réponse à ces questions.

– Certes ! Nous pouvons ne rien découvrir d'intéressant. Mais cela vaut la peine d'essayer. Et votre participation active est indispensable. Car si je me porte garant de l'authenticité des décors et des personnages du Troisième Monde, je ne dispose d'aucune compétence pour y enquêter. Qu'en dites-vous ?

Logicielle hésitait. Jamais investigation et informatique ne s'étaient si bien mariées. Elle décrocha enfin le téléphone qui sonnait avec insistance.

– Logicielle ? fit une voix joviale. C'est François-Paul Kostovitch... Oui, Kosto ! Avez-vous reçu la visite de mon beau-frère ?

– Mieux, il se trouve dans mon bureau.

Au bout du fil, un rire tonitruant lui répondit.

– Il vous a parlé de notre Troisième Monde ? Qu'en pensez-vous ?

– Passionnant, cher Kosto. Mais imaginez la tête du commissaire Delumeau s'il me surprenait au bureau en train de jouer avec votre logiciel ! Difficile de le convaincre que j'enquête. Et si je lui révèle que je recherche l'assassin de Cyrano de Bergerac, il m'enverra en hôpital psychiatrique.

Kosto réprima une bordée de jurons avant d'affirmer :

– N'écoutez pas mon beau-frère, Logicielle ! C'est un intellectuel déconnecté de la réalité. Pouvez-vous néanmoins venir au labo de Neuronic Computer France ? J'ai besoin de vous pour tester les capacités du Troisième Monde. Eh bien, vous acceptez ? Vous serez rétribuée, cela va de soi !

– Rétribuée ? Il n'en est pas question, Kosto. Mais j'accepte de tester votre logiciel. Il m'intrigue, évidemment.

– Ce soir, dix-huit heures ?

– Entendu. Je demanderai à un collègue d'assurer la permanence.

Elle raccrocha. Perrault lui saisit chaleureusement les mains.

– Ah merci, lieutenant. Vous allez vivre une aventure hors du commun !

Elle n'imaginait pas encore à quel point.

 **2**

Peu avant dix-huit heures, quand Logicielle déclara à Max qu'elle partirait plus tôt, il eut l'imprudence de lui rappeler :

– N'oublie pas que nous dînons ensemble ce soir ! Où dois-tu aller ?

– Eh, nous ne sommes pas mariés que je sache ?

Dépité, il lui désigna le journal abandonné sur le bureau :

– À l'heure qu'il est, nous sommes cernés de radiations dangereuses. L'Europe a essuyé la plus grande catastrophe nucléaire après Tchernobyl, et toi, qu'est-ce qui te préoccupe ? Un vulgaire jeu informatique... Car tu vas chez Kosto, n'est-ce pas ?

– Écoute, Max, j'ai l'impression que tu m'en veux depuis quelque temps. Qu'est-ce que je t'ai fait ?

– Rien, justement. Tu ne me fais jamais rien, Logicielle, et surtout pas plaisir...

– Tiens, ajouta-t-il après avoir fait semblant de réfléchir, je suis par exemple le seul avec qui tu n'as pas dansé samedi dernier.

Delumeau, à qui on venait de remettre la Légion d'honneur, avait organisé une petite fête au commissariat avant son départ en Grèce. C'était la première fois que le commissaire, du genre bougon et misanthrope, s'autorisait ce genre de fantaisie. Ce soir-là, on avait beaucoup dansé. Logicielle, l'une des recrues les plus jeunes, avait attiré l'attention générale.

– Tu exagères ! se rebiffa-t-elle. Tu n'es même pas venu m'inviter !

– Évidemment, ils tournaient autour de toi comme des mouches ! Tu voulais que je prenne un numéro ?

– La prochaine fois, Max, c'est promis : je danserai avec toi.

– Oh, ce n'est pas grave, je n'aime pas danser. C'est pour le principe, voilà tout.

Il fit semblant de se replonger dans la lecture de son quotidien. Désemparée, Logicielle passa la main dans ses cheveux bouclés et murmura, d'une voix qu'elle voulait câline :

– Sois à mon studio vers neuf heures, je serai sûrement rentrée.

Logicielle récupéra sa Twingo et mit une demi-heure pour gagner le quartier de la Défense. Alors qu'elle cherchait désespérément une place, une voix familière l'apostropha d'une limousine noire aux vitres teintées :

– Logicielle ? Je suis aussi en retard que vous. Suivez-nous !

C'était Kosto. Il affichait une bonne humeur de pub télévisée, un visage bronzé aux ultra-violets et une chemise à fleurs extravagante. Les deux véhicules franchirent plusieurs contrôles avant de parvenir dans un vaste parking souterrain. Kosto sortit de la limousine en même temps que la conductrice, une jolie femme élégante dont la jeunesse et la taille élancée contrastaient avec l'âge et le petit mètre soixante de Kosto.

– Ma chérie, fit-il en se tournant vers elle, je te présente Logicielle, qui a récemment sorti NCF d'un mauvais pas. Logicielle, voici mon épouse. Euh… je suppose, ma chérie, que tu préfères y aller tout de suite ?

– Oui. Tu sais bien que j'ai ma réunion hebdomadaire d'officiante.

– Merci de m'avoir amené jusqu'ici.

Machérie leur adressa un double bonsoir poli avant de disparaître dans la limousine. D'un pas vif, Kosto entraîna son invitée vers un ascenseur. Une minute plus tard, les portes s'ouvrirent sur une vaste pièce grouillant de monde.

– Voilà, annonça Kosto avec fierté. Nous sommes ici au trente-troisième étage de NCF, le département de la recherche.

Séparés par des cloisons de verre à hauteur d'épaule, des dizaines d'informaticiens pianotaient, attentifs, seuls ou regroupés devant des OMNIA 3.

Kosto et Logicielle rejoignirent le fond du local où un grand fauteuil trônait face à un écran géant. Parmi la dizaine de techniciens qui s'affairaient, elle reconnut Perrault. Il vint à sa rencontre, accompagné d'un jeune homme aux cheveux roux et raides, et dont la blancheur du teint était rehaussée par une explosion de taches de rousseur.

– Bien, bien, s'impatienta Kosto. Voici Tony, notre responsable du projet Troisième Monde.

L'informaticien serra la main de Logicielle en lui adressant trois clins d'œil. En fait, il était bourré de tics. Le plus apparent affectait son œil gauche avec une cadence proportionnelle à son émotion.

– Tony, ordonna Kosto. Expliquez-lui !

Les mains de l'informaticien, fébriles, fouillèrent dans les poches de sa blouse blanche. Il brandit enfin un CD.

– Voici le Troisième Monde ! Ou plutôt une copie de son prototype. Bien entendu, il ne fonctionne que sur un OMNIA 3 amélioré – vous connaissez ses fabuleuses capacités dues à sa nouvelle mémoire à réseaux de neurones...

– Elle les connaît ! interrompit Kosto. Passez à l'essentiel. Montrez-lui.

– Installez-vous dans le fauteuil, mademoiselle. Et regardez.

L'écran montrait une place médiévale aux
pavés luisant de pluie. Dans les rues étroites et
sombres se serraient quelques échoppes. Là-bas,
un cheval sellé et attaché piaffait d'impatience.
Plus loin, un couple de badauds tâtait une pièce
de tissu.

– Essayons d'entendre ce qu'ils disent, murmura Tony en montant le son de l'ampli.

– Voyez comme ce drap est doux et souple !
s'exclamait le marchand.

– Il m'en faudrait trois aunes.

– Soit. À quinze sols l'aune...

– Palsambleu, quinze sols ? se récria le client.
Vous vous moquez ?

Impressionnée, Logicielle se tourna vers
Perrault.

– Ces dialogues... ? commença-t-elle.

– Oh, je n'en suis pas l'auteur ! se défendit
l'universitaire. Il s'agit d'un texte aléatoire géré
par la mémoire neuronique de l'OMNIA 3. En
ce moment même, d'autres scènes se déroulent
dans d'autres zones du programme : des
scènes... de ménage, des ventes, des achats, des
naissances, des mariages, des vols ! Mais aucune
action susceptible de modifier la trame des événements historiques.

– Fascinant ! murmura Logicielle. Aussi réa-
liste qu'un film.

– Oh, bien plus ! assura l'universitaire.

– Nous sommes le 3 août, comme aujour-d'hui, précisa Tony, mais en 1654. Nous nous trouvons à l'angle des rues de l'Échelle et de Saint-Honoré, reprit Tony. La future église Saint-Roch doit être à deux pas.

L'informaticien effleura le touchpad et l'image se déplaça, révélant à trente mètres de là un édifice en construction. Sur le parvis se faisaient face un bourgeois rougeaud au ventre rebondi et un individu au visage osseux, dont la bouche charnue était rehaussée d'une fine moustache.

– Voilà Cyrano ! souffla Perrault à l'oreille de Logicielle.

Fascinée, elle dévisagea longuement ce personnage mythique. Il lui parut moins séduisant qu'énigmatique.

Sans cacher sa satisfaction, le PDG lança :

– NCF va enfin lancer une application digne de l'OMNIA 3 !

Logicielle se tourna vers Perrault.

– Ce matin, vous m'avez affirmé vouloir retrouver l'assassin de Cyrano ?

– Oui. À titre de test, avant la commerciali-sation du logiciel ! dit Kosto.

– Nous aimerions voir évoluer quelqu'un chargé d'une mission précise, comprenez-vous ? ajouta Tony.

Logicielle réfléchit. Par les larges baies vitrées, elle apercevait la Grande Arche de la Défense illuminée par le soleil couchant. Son regard revint sur les personnages virtuels qui évoluaient dans ce Paris de 1654.

– Non, avoua-t-elle enfin en désignant l'écran. Je ne vois pas quel rôle je pourrais avoir là-dedans.

– Oh si, vous avez un rôle ! affirma Tony. Voyons, la rue des Vieilles-Étuves...

En trois secondes, il fit entrer les spectateurs dans un hôtel particulier. Dans l'antichambre, étendue sur un lit étroit, une jeune femme semblait dormir.

– Nous l'avons baptisée Laure de Gicièle, annonça Perrault. Est-ce qu'elle vous convient ?

Où l'équipe de NCF avait-elle déniché une photo d'elle ? Car excepté le costume et la chevelure bouclée, cette Laure de Gicièle lui ressemblait trait pour trait ! En observant ce personnage assoupi dont la poitrine se soulevait à intervalles réguliers, un malaise indéfinissable s'insinua en elle. Du calme. Il s'agissait d'un simple double virtuel dont la vie artificielle s'éteindrait en même temps que l'ordinateur.

– Joli clone, n'est-ce pas ? fit Tony avec un petit rire nerveux. Pour entrer dans la peau de votre personnage, il vous suffit d'enfiler ce scaphandre et ce casque. Ou d'utiliser un patch de mon invention.

– Plus tard, Tony, interrompit l'universitaire. Brusquée, débordée, Logicielle leva la main.

– Attendez. Vous oubliez que je ne connais pas mon rôle. Et je n'ai sûrement pas l'accent de l'époque !

– Exact, admit Perrault. Voici les données fournies au programme : au printemps 1654, Laure de Gicièle a quitté les Amériques, où elle est née. Elle a débarqué à Bordeaux et a rejoint en Périgord son oncle François, duc de La Rochefoucauld, qui vient d'acquérir le château de Grimoire.

– Est-ce que tout cela est vrai ?

– Oui, confirma l'enseignant. Tout est vrai. Seule cette nièce est imaginaire. Hostile à Mazarin, La Rochefoucauld a participé à la Fronde ; depuis, il vit exilé en province. Sa nièce à peine arrivée, il l'a envoyée à Paris, chez son amie Mariane.

– Cette situation vous permettra d'éviter les impairs, chère Logicielle ! renchérit Kosto pour l'encourager. Laure ignore presque tout des lieux, des événements et des usages du temps. Son vocabulaire, son accent et ses bévues seront mis sur le compte de son enfance aux antipodes.

– Et si l'on vous interroge, ajouta Perrault, inventez ! Rares sont ceux qui sont allés au Canada ou en Amérique à cette époque.

– Tenez, fit Tony en lui tendant le scaphandre.

– Une seconde ! Je ne suis pas prête.

Logicielle se sentait prise de court. Piégée. Oh, elle avait déjà revêtu une ou deux fois un casque de réalité virtuelle ! Mais ici, la fidélité des décors et l'apparence de vie des personnages la faisaient frissonner. Elle consulta sa montre. Vingt et une heures trente.

– Je dois partir, monsieur Kostovitch. Je ne pensais pas rester si tard.

Le PDG s'apprêtait à négocier. Son beau-frère l'en dissuada d'un signe bref. Kosto entoura les épaules de la jeune femme.

– Je vous raccompagne au parking, Logicielle. Merci d'être venue…

En jetant un dernier coup d'œil sur l'écran, elle nota que l'image s'était déplacée sur Cyrano. Pâle, immobile, il affichait une expression songeuse et préoccupée. Logicielle eut l'étrange impression qu'il la fixait de loin, depuis cet univers dont il était prisonnier, comme s'il l'invitait à l'y rejoindre.

3

Quand Logicielle rejoignit son studio, il était plus de vingt-deux heures. Max n'était plus là. Elle découvrit, sur son paillasson, un joli paquet ainsi qu'un petit bouquet de roses jaunes auquel avait été épinglée une feuille de calepin. Elle y lut, griffonné avec maladresse :

« Une autre fois peut-être ? Bisous. »

Logicielle était mécontente. Elle déplorait sa réaction de recul face à l'OMNIA 3 et son rendez-vous manqué avec Max. Peut-être lui avait-il laissé un message sur son répondeur ? Non, seul Germain l'avait appelée, une heure auparavant.

– J'espère que vous allez bien, disait le commissaire de Bergerac. Ici, nous venons de frôler l'émeute. La centrale du Blayais n'est qu'à cent kilomètres. Avec le vent d'ouest, nous sommes en première ligne pour recevoir les radiations. Pour en éviter les effets, toute la population de la région a reçu des capsules d'iode à avaler d'urgence. Une mesure obligatoire qui sera dès demain appliquée à la France entière. À bientôt. Je vous embrasse.

Logicielle dîna à la hâte, sans appétit, en suivant les informations à la télé. Il n'était question que de l'accident de la centrale. Interviewés, les leaders de l'opposition fulminaient contre la politique du tout nucléaire. Un correspondant des États-Unis relaya en différé une intervention du chef de l'Église des Simples Officiants, une secte dont la popularité grandissait.

– La science pervertit la Nature ! affirmait son tribun, Adam-Sun.

La dignité et la noblesse de ce patriarche chauve et barbu étaient singulièrement tempérées par son regard acéré et matois. Il pérorait :

– Cet accident est un avertissement divin, mes frères ! Nous devons revenir aux valeurs bibliques.

Elle haussa les épaules et éteignit le poste. C'est en allant se coucher qu'elle aperçut le paquet de Max, qu'elle avait déposé sur la table de nuit. Elle déballa le cadeau et découvrit une fort belle édition de *L'Autre Monde. Histoire comique des États et Empires de la lune & du Soleil* de Cyrano de Bergerac. Max n'était pas rancunier. En soupirant, elle se plongea dans la lecture de l'ouvrage. Et la trouva passionnante. Quand elle se résigna à éteindre, il était deux heures du matin.

Le lendemain, un samedi, Logicielle était de permanence. Max disposait de son week-end. Elle espérait qu'il passerait la voir au bureau ; mais, à midi, il n'avait pas donné signe de vie.

Elle avait du mal à se concentrer sur les plaintes qui commençaient à s'accumuler. Son esprit était ailleurs, quelque part entre la tour NCF de la Défense et le parvis de l'église Saint-Roch. Elle regrettait sa dérobade de la veille et se demandait comment rattraper le coup. Elle s'apprêtait à aller déjeuner quand elle reçut un appel.

– Logicielle ? C'est Kosto. Écoutez, je tiens à m'excuser pour hier soir. J'ai été stupide de vous bousculer ainsi.

– Pas du tout. C'est moi qui... mon attitude a dû vous paraître ridicule.

Ils rivalisèrent ainsi de politesses pendant une minute.

– J'espère, risqua Kosto, que vous reviendrez ? Même en simple observatrice. Je tiens à ce que vous testiez ce logiciel.

– Pourriez-vous m'en confier une copie ? Chez moi, à temps perdu...

– Ah, c'est hélas impossible ! Nous devons être très prudents. Nous ne pouvons effectuer de tests que dans nos locaux. Et ce monde virtuel est riche, vaste... Vous avez besoin d'un guide, et il vous faut du temps.

Elle réfléchit. Dans trois semaines, elle serait en congé. Mais elle avait promis à Max de partir avec lui à moto, en Auvergne.

– Si je vous proposais un week-end ?

– Géant ! Tony est presque toujours sur place. Viendriez-vous cet après-midi ?

– D'accord. Mais pas avant dix-huit heures.

– Formidable ! Ah, Logicielle, je…

Elle interrompit le débordement d'enthousiasme qui s'annonçait.

– Si j'arrive accompagnée, ça ne posera pas problème, vous êtes sûr ?

À peine eut-elle raccroché qu'elle composa le numéro de Max. Elle ne lui laissa pas le temps de réagir.

– Ce soir, tu ne fais rien de spécial ? Ni demain ? Bien, je te réquisitionne. Nous avons du boulot, nous partons en week-end.

– Je ne comprends pas, bredouilla Max. Nous allons travailler ou nous distraire ?

– Les deux.

– Et… tu m'emmènes où ?

– Assez loin, Max. Au milieu du XVIIe siècle.

– Je vous présente mon collègue, Max. Mais vous le connaissez déjà. Sauf Tony, je crois ? Si tu enlevais ton casque, Max ?

De mauvaise grâce, il obéit et consentit à serrer la main de Tony, Perrault et Kosto. Quand il ôta son blouson, Logicielle réprima un sursaut.

Max portait un tee-shirt dont le dessin, rouge vif, montrait d'énormes lèvres pulpeuses entrouvertes. À l'intérieur de ce baiser géant et agressif s'étalait « I love you » en lettres majuscules.

Sur un signe du PDG, Tony expliqua en désignant l'écran :

– Dans le Troisième Monde évoluent trois sortes de personnages. D'abord de simples figurants : cochers, artisans, valets et autres gens du peuple. Leur personnalité est sommaire, leur langage limité à mille mots, sans compter le vocabulaire de leur profession. Bref, ils sont aussi peu évolués que Lara Croft ou Super Mario.

– Charmant ! protesta Logicielle. Ces gens du peuple ne méritaient donc pas mieux ?

– Simple mesure d'économie, justifia Tony. En revanche, les « norns », comme Cyrano, ont pu être construits avec plus de soin car nous disposions de nombreux détails sur eux. Leur conversation, leurs opinions, leur portrait physique et moral correspondent aux indications livrées par Jean Perrault.

– C'est-à-dire aux informations historiques ! se défendit l'universitaire en aparté.

– Des « norns » ? répéta Max qui réagissait à retardement.

– Nous les avons appelés ainsi en hommage aux personnages du jeu « Creatures ». Les norns peuvent apprendre, évoluer et s'autoreproduire ! s'enthousiasma Tony. Leurs réactions sont moins prévisibles.

– Et Laure de Gicièle ? demanda-t-elle.

– Elle, c'est un avatar, lança Kosto. Une coquille vide. Un vêtement à votre image. Chacun de nous a déjà expérimenté le sien, en costume d'époque. Eh oui Logicielle, vous ne pouvez pas apparaître devant Cyrano en jeans et en baskets.

Impatient, il consulta sa montre, désigna à Logicielle son avatar sur l'écran puis la combinaison et le casque.

– Bien... Êtes-vous décidée ?

– Je vais gaffer, vous savez ! J'étais nulle en histoire. J'ignore même quel roi règne en France en 1654. Louis XIII ? Louis XIV ?

– Ni l'un ni l'autre, répondit Perrault. Louis XIII est mort depuis onze ans. Son fils Louis XIV a seize ans. Sa mère Anne d'Autriche assure la régence avec l'appui du cardinal Mazarin. Suite aux incidents de la Fronde, le jeune roi a quitté Paris. Il accédera au pouvoir plus tard... Voilà pour l'essentiel !

Logicielle déglutit. Tony lui adressa trois clins d'œil et vint à la rescousse.

– Je vais me brancher le premier et me mettre dans la peau de Lélie – mon avatar, un laquais. Vous assisterez ainsi à une petite répétition. Vous me rejoindrez plus tard, quand vous serez prête, OK ?

Intriguée, Logicielle vit l'informaticien saisir une boîte minuscule. Il l'ouvrit avec précaution et en sortit une capsule ovale. L'objet, à peine plus grand que l'ongle du pouce, était hérissé sur une face de minuscules pointes métalliques. Quelques gouttes s'en échappèrent.

– Une simple solution antiseptique, expliqua Kosto à voix basse. Ce patch est plus pratique et efficace que l'équipement traditionnel.

L'informaticien se cala dans un fauteuil voisin. Puis il fixa le patch sur sa nuque, au niveau de la quatrième vertèbre cervicale. Ses yeux se fermèrent à demi comme s'il s'assoupissait.

Sur l'écran, son double parut s'éveiller ; accroupi dans l'angle d'un vestibule, il s'étira, se leva et sortit d'un immeuble cossu. Dans la rue, il s'orienta et se mêla aux passants.

– Lélie descend la rue Saint-Martin, commenta Kosto. Voilà, il passe devant le cloître Saint-Merri…

– Stupéfiant ! lâcha Max en saisissant la main de Logicielle.

Regroupés autour de l'écran géant, tous observaient le domestique qui se déplaçait dans ce Paris virtuel tandis que, sur son siège, Tony ne bougeait pas. Même ses tics avaient disparu.

Kosto monta le son, et l'immense salle du trente-troisième étage résonna du brouhaha de la ville reconstituée : harangues des marchands ambulants, cliquetis des sabots sur le pavé…

Le valet pénétra dans un hôtel particulier où une soubrette l'accueillit. L'entraînant dans un dédale de couloirs, elle l'introduisit dans une chambre où une jeune femme assise lisait.

– C'est Ninon de Lenclos, chuchota Perrault comme si les protagonistes avaient pu l'entendre. Une amie des arts, riche et célèbre.

– Enfin, Mariane m'écrit ! s'exclama la jeune femme en s'emparant du billet que lui tendait Lélie. Voyons, que désire-t-elle ?... Que je reçoive son amie Laure de Gicièle ? Mais bien sûr, je brûle de la rencontrer !

Ninon roulait les r et déformait certaines voyelles. Ainsi, « que je reçoive » devenait que « je rrresouève ». Elle se dirigea vers un cabinet d'ébène, griffonna quelques mots sur une feuille qu'elle sécha, plia, cacheta et confia au valet.

– Je suis aise de te revoir, Lélie, glissa la soubrette en le reconduisant.

– Pour moi, je trouve que tu es la plus charmante personne du monde !

Comme Logicielle restait interloquée, Perrault commenta :

– Tony ne se débrouille pas mal, qu'en pensez-vous ?

– Ma foi, grommela Max, il a intégré les usages du temps !

Dix minutes plus tard, Lélie était revenu dans l'immeuble de la rue des Vieilles-Étuves. Il pénétra dans l'antichambre. Logicielle étouffa un cri : elle reconnut son avatar, Laure de Gicièle, assoupi sur le lit.

– Et voilà ! déclara Kosto. À vous d'entrer en scène !

Logicielle saisit le casque, hésita, se tourna vers Max, quêta un encouragement. Sur l'écran, Lélie observait à la dérobée l'avatar endormi. Lassé, il alla s'asseoir dans un angle de la pièce. Et Tony, sur le fauteuil, arracha son patch. Il apostropha Logicielle :

– Eh bien ? Je vous attendais ! lança-t-il en désignant l'écran. Vous n'avez pas encore enfilé votre scaphandre ? Alors mettez ça.

Il ouvrit un tiroir et tendit à Logicielle un patch identique au sien.

– C'est un simple relais. Un faible courant induit permet de brancher directement les connexions sur…

– Ne me touchez pas ! hurla-t-elle scandalisée.

– Allons, s'étonna Kosto, ce malheureux patch vous effraie ?

– C'est… une agression physique !

Elle avait vu des films de science-fiction où les héros, prisonniers d'un monde virtuel, ne pouvaient plus revenir à la réalité.

– Ce patch est aussi bénin que le casque que vous vous apprêtiez à mettre, ou que les lunettes à verres polarisés qu'on vous propose au Futuroscope, dit le PDG.

– C'est indolore ! affirma Tony. La liaison neuronique des mini-griffes avec la moelle épinière permet d'éprouver les sensations gérées par le programme. L'interface que j'ai mise au point est microscopique... une merveille de miniaturisation !

Logicielle sentit la main de Max faire pression sur son poignet. Comme si son adjoint l'encourageait à ne pas céder.

– Non. Il n'est pas question que je... que vous me greffiez ce truc !

– Garanti sans douleur ! insista Kosto. Le piercing est bien plus agressif !

– Je ne suis pas une adepte du piercing. Je ne me suis jamais fait tatouer, ni percer les oreilles. Alors votre patch...

Le PDG rougit, ouvrit la bouche. Et la referma. Il effectua un gros effort sur lui-même pour se calmer. Il soupira puis alla s'asseoir en grommelant :

– Que de temps perdu...

Logicielle se décida à enfiler la combinaison tandis que Max, dans son coin, lui jetait un regard lourd de reproches. Tony lui fixa un casque léger qui recouvrait ses yeux et ses oreilles. Elle était dans le noir.

– Asseyez-vous dans le fauteuil ! lui lança, lointaine, la voix de Tony. Voilà... Vous êtes prête ? Je remets mon patch. Vous la branchez, monsieur Kostovitch ?

Le cœur de Logicielle battait à coups précipités. Soudain, le jour se fit. Elle reconnut l'antichambre. Son avatar n'y était plus. Bien sûr puisqu'elle était cet avatar à présent ! La réalité des images en trois dimensions était saisissante. Elle eut une vague pensée pour l'OMNIA 3, dont la mémoire neuronique, chaque seconde, traitait des milliards d'informations pour entretenir l'illusion de ce décor, des bruits lointains de la rue… À l'autre bout de la pièce, Tony – ou plutôt Lélie – se leva. Comme il se dirigeait vers elle, le plancher grinça.

– Ça va, Logicielle ? Levez-vous. Mais si, essayez !

Elle sentit la chaleur de la main du valet qui l'aidait à se redresser. Elle effectua trois pas pour rejoindre le buffet. Saisit la petite clé de bronze. Ouvrit l'une des portes. Des draps étaient empilés sur une étagère. L'étoffe en était à la fois fraîche et rugueuse. Fascinant !

Elle tourna la tête et aperçut son reflet dans un miroir. Elle se reconnut malgré cette extravagante coiffure bouclée… À cet instant, la porte de la pièce s'ouvrit. Sur le seuil apparut une femme au visage blanc de poudre et aux lèvres très rouges.

– Vous voici enfin éveillée ma chère ! Comment vous sentez-vous ? Et toi, Lélie, que fais-tu ici ?

– Je suis venu porter la réponse au billet que vous m'avez confié tout à l'heure ! répondit-il avant de chuchoter à Logicielle :

– Appelez-la Mariane.

– Je... merci, Mariane ! lança-t-elle. Je suis tout à fait reposée.

– Eh bien je crois que Ninon serait ravie de vous vouère, déclara-t-elle après avoir lu le message.

Étrange d'entendre le verbe voir prononcé ainsi par une femme du monde ! Mariane invita Laure à la suivre. Empêtrée dans sa robe, Logicielle entra dans une salle de réception.

– Logicielle ! lui chuchota Lélie. Surtout n'allez pas plus loin ! N'oubliez pas que vous vous déplacez avec la combinaison !

Elle buta contre un obstacle invisible et tomba lourdement.

– Je crois que vous êtes encore un peu faible, dit la voix de Mariane au-dessus d'elle.

– Kosto ? Débranchez-la, voyons ! cria Lélie.

D'un coup Logicielle se retrouva dans l'obscurité. Elle enleva son casque.

Elle se trouvait à dix mètres de l'écran, les pieds coincés dans un siège de bureau. Max accourut le premier pour l'aider à se relever.

– Forcément, grogna Kosto. La combinaison limite vos déplacements !

Sur l'écran, Lélie et Mariane allongeaient son avatar sur le canapé. Une fois la maîtresse de maison partie, le valet rejoignit un coin de l'antichambre et porta la main à sa nuque. Tony effectua le même geste et sortit de son rêve éveillé.

Bon, Logicielle avait compris : l'avatar était un costume de scène, qu'on rangeait sur un cintre en quittant sa combinaison... ou en ôtant le patch.

– J'espère que Mariane n'aura pas été alertée par cet incident.

– Bah, elle aura pensé que vous vous êtes évanouie, voilà tout !

– Et quand Tony a appelé Kosto... quand il a parlé de me débrancher, qu'est-ce qu'elle a pu comprendre ?

– Je l'ignore, avoua Perrault. Les figurants et les norns finiront sûrement par accepter ces invraisemblances, comme nos ancêtres acceptaient sans les comprendre les volcans, la foudre ou les marées.

Logicielle était maintenant impatiente d'explorer le Troisième monde. D'approcher les individus qui le peuplaient. Après tout, où était le risque ? Mais avec la combinaison, elle resterait prisonnière de quelques mètres carrés. Envoyer Tony-Lélie en mission et l'observer sur l'écran, assise dans ce fauteuil ? Pas très excitant...

Dans l'antichambre, les rayons obliques du couchant filtraient par la fenêtre à meneaux. Un soleil identique inondait le trente-troisième étage de l'immeuble NCF.

Kosto désigna l'ordinateur.

– Là-bas comme ici, la nuit tombe.

– Si vous êtes d'accord pour revenir demain, dit Logicielle en se tournant vers les autres, je me rebrancherai plus longtemps.

Elle hésita un peu. Évitant le regard de Max, elle ajouta plus bas :

– Et cette fois, j'utiliserai le patch.

4

– Non, bougonna Max. Je ne suis pas d'accord. Je trouve que tu t'es laissé trop facilement embarquer dans cette histoire !

Après avoir quitté NCF, Logicielle et Max s'étaient rendus au *Fleuve Rouge*, leur petit restaurant favori de la rue Pradier.

– Identifier l'assassin de Cyrano me semble être un prétexte, reprit-il. Je ne sais pas à quoi joue Kostovitch...

– Que veux-tu dire ?

– Pourquoi tient-il tant à ce que ce soit toi qui testes son logiciel ?

– Il me fait confiance. Et puis il doit redouter un dérapage. Rappelle-toi l'affaire de l'ordinateur. Et du logiciel LTPG !

– Justement. Cette enquête dans le virtuel ne m'inspire pas confiance. As-tu vu la tête de Tony quand il évolue dans ce Troisième Monde ?

– Au fond, tu as peur que... je t'échappe, n'est-ce pas ?

– Tu m'as déjà échappé, Logicielle. Et j'ai du mal à te suivre. Il y a des destinations dangereuses. Et des moyens imprudents de voyager.

– Si je traduis ta pensée, Max, l'Auvergne te semble plus sûre que le Paris de 1654 et la moto moins dangereuse que ce patch ?

– Arrête de plaisanter.

Il baissa la tête et soupira :

– As-tu pensé aux heures que tu vas perdre dans cet univers qui fonctionne en même temps que le nôtre ? En acceptant cette mission, tu t'engages à mener deux vies en alternance : l'une réelle et l'autre virtuelle. Car pendant que tu travailleras au commissariat, que fera ton avatar ? Il sera en sommeil. Ce qui n'empêchera pas les autres personnages d'agir. Ni le meurtrier de préparer son crime. Te voilà donc condamnée à consacrer ton temps libre à NCF ! Songe aussi que lorsque Cyrano recevra une poutre sur le crâne, tu seras peut-être dans le bureau de Delumeau, ou en patrouille à Saint-Denis.

Intérieurement, Logicielle reconnaissait que Max n'avait pas tort.

– En consacrant mon dimanche à un essai, qu'est-ce que je risque ?

– Tu risques de perdre une belle journée d'été. Parce que moi, je file au Tréport respirer l'air de la mer.

– Parfaitement indolore, n'est-ce pas ?

En effet, le patch que Tony lui posait sur la nuque était moins désagréable qu'une piqûre de moustique. Elle l'enleva aussi facilement qu'une attache Velcro.

– Dimanche 5 août, dix heures du matin, annonça Kosto en allumant l'écran. Voyons, que s'est-il passé dans notre Troisième Monde durant la nuit ?

– En principe, rien de particulier, affirma Perrault. Mais faisons néanmoins un petit tour d'horizon.

– À quoi bon ? demanda Logicielle.

– Le cadre historique laisse une grande autonomie à nos personnages. On ne sait pas ce qui peut leur passer par la tête. Voyons… avant de vous confronter à Cyrano, Logicielle, reprit l'universitaire, il me semble habile de ménager une rencontre avec l'un de ses amis.

– Henri Le Bret ? Lignières ? suggéra Kosto, assez fier de montrer ses récentes connaissances littéraires.

– Eh, je ne sais même pas qui sont ces gens ! protesta Logicielle.

Perrault, irrité, balaya l'argument :

– Laure de Gicièle l'ignore aussi ! Mais soit. Henri Le Bret est le plus vieil ami de Cyrano, celui qui publiera ses œuvres après sa mort. Lignières, lui, est un poète satirique. Un contestataire. Un libertin.

– J'entends sonner les cloches de l'église Saint-Gervais ! annonça Kosto. Tiens… Lignières sort de chez lui.

– Inespéré ! fit Perrault, très excité. Logicielle ? Tentez de croiser sa route, en allant à la messe par exemple. Euh… Imaginons que vous vous tordez le pied. Le poète vous vient en aide ; vous engagez la conversation. Quand plus tard vous retrouverez Lignières chez Ninon de Lenclos, vous serez déjà de vieilles connaissances… vous y êtes ?

Non. Logicielle n'y était pas du tout. Elle jugeait cette procédure compliquée. Elle aurait préféré aborder directement Cyrano.

Mais Perrault s'impatientait.

– Lignières s'éloigne ! Vous allez le rater, Logicielle.

Elle saisit le patch, tenta de le fixer. Tony vint à son aide.

– Il faut le placer plus haut… Non, laissez-moi faire.

Au moment où les mini-griffes adhéraient à sa peau, elle entendit Perrault lui murmurer à l'oreille :

– N'oubliez pas que notre objectif est d'identifier le futur assassin de Cyrano !

Brusquement, Logicielle se retrouva dans l'antichambre du logis de Mariane. Au cœur du Troisième Monde, évidemment.

Elle se leva, défroissa le tissu de sa robe, esquissa quelques pas. Contrairement à la veille, elle était libre de ses mouvements ! Elle gagna la cour sombre, avisa le porche et déboucha dans la rue.

Ici, la clarté était vive ; le vent frais portait des effluves de viande rôtie, de détritus et de poisson avarié. Des passants défilaient sans lui prêter attention : laquais, bourgeois endimanchés, servantes chargées de pains. Logicielle eut une pensée pour son double réel – non, rectifia-t-elle, affolée, pour son original, pour son corps resté sur le fauteuil, figé – tandis que son esprit accoutré à la mode du XVIIe siècle allait et venait, ici, dans ce monde en trois dimensions, terrifiante illusion de la réalité.

– Aller à la messe. Rencontrer Lignières... Tu parles ! Où est cette église Saint-Gervais ? À quoi ressemble ce poète ?

Ses questions, posées à mi-voix, n'obtinrent aucune réponse. Comme elle portait la main à sa nuque pour ôter son patch, une poigne la retint. Celle de Lélie qui, en souriant, lui conseilla :

– Ne faites jamais ça dans la rue, mademoiselle. Voici les documents dont vous avez besoin.

Il lui tendit deux feuilles : un plan du Paris de l'époque et une gravure représentant un portrait. Puis il s'éloigna rapidement.

– Bon, évalua-t-elle. Il faut rejoindre la rue de la Verrerie. Puis traverser la place du cimetière Saint-Jean…

Plus facile à dire qu'à faire ! Elle tenta de s'orienter sans y parvenir. Aucun nom de rue ne figurait sur les maisons ! Avisant une vieille femme, elle s'enhardit et l'aborda afin de lui demander son chemin.

Le personnage – une figurante ? – répondit sans s'étonner :

– Saint-Gervais ? Prenez la rue des Mauvais-Garçons, tout de suite à droite. Puis la rue de la Tissanderie à gauche. Vous apercevrez l'église.

Logicielle s'engagea dans la voie obscure et étroite qui portait bien son nom : une quinzaine de mètres plus loin, elle se figea en apercevant un groupe suspect de dix individus vêtus d'une cape violette, l'épée à la main. L'un d'eux se retourna, pointa sa rapière vers la nouvelle venue.

– Maraud ! gronda son voisin en lui donnant une bourrade. Approchez donc, madame, nous n'en avons pas après vous. Passez votre chemin.

Le cœur battant, Logicielle se faufila entre les hommes en armes sans oser se retourner. Alors qu'elle rejoignait la rue de la Tissanderie, elle reconnut Lignières qui marchait dans sa direction, un livre à la main. Au moment où elle le croisait, elle trébucha, poussa un petit cri et fit mine de tomber. Le poète se précipita vers elle – puis, le visage soudain crispé, recula en serrant le volume sur sa poitrine. Un geste qui le sauva… car une rapière transperça le malheureux ouvrage !

– À la garde ! hurla Lignières.

Il dégaina une dague dissimulée sous son pourpoint – une arme dérisoire face aux épées des hommes en violet qui le cernaient.

– C'était une embuscade ! murmura Logicielle en se relevant.

Personne ne prêtait attention à elle. Les assaillants ferraillaient avec Lignières qui esquivait, reculait, tentait de trouver une ouverture pour fuir. Avisant des passants, au loin, elle cria :

– Ici ! À l'aide !

On fit la sourde oreille. Pire, le combat fit le vide alentour.

– Écartez-vous ! brailla l'un des attaquants.

Il venait de poser à terre un pied de bois muni d'une fourche, sur laquelle reposait le canon d'une arme à feu. Il la pointa vers le poète qui, profitant du repli de ses ennemis, s'enfuyait. Le coup partit, une lourde fumée blanche s'éleva, des cris jaillirent :

– Raté…

– Il nous échappe !

Les tempes en feu, Logicielle se précipita à la suite de la troupe qui pourchassait Lignières. Gênée par sa robe, elle perdait du terrain.

Quelques têtes apparurent aux fenêtres, plusieurs passants se risquèrent hors des porches où ils avaient trouvé refuge. Soudain, elle heurta de plein fouet un homme qui jaillissait d'une maison. Étourdie, elle vacilla et sentit que des bras fermes la retenaient.

– Pardonnez-moi, lui dit-il d'une voix rauque. J'ai entendu des cris...

Logicielle identifia avec stupéfaction celui qui la pressait contre lui. C'était Cyrano! Les cheveux longs et emmêlés, la bouche goguenarde, l'écrivain était vêtu d'une longue cape d'où pointait une épée.

– Lignières... haleta Logicielle. Des hommes veulent le tuer! Là-bas!

Elle désignait le groupe qui s'engouffrait dans une étroite ruelle à la suite du fuyard.

– Ventre! gronda Cyrano. Quelle imprudence a-t-il encore commise?

Il dégaina son épée et se précipita vers les combattants. Elle courut derrière lui. Quand elle le rejoignit, il affrontait les assaillants de Lignières qui était acculé au bord de la Seine. Épuisé et blessé à l'épaule, il s'était adossé à une pile de sacs entassés sur la berge. Cyrano maniait l'épée avec tant d'ardeur que ses adversaires, malgré leur nombre, hésitaient à l'approcher. L'un d'eux, plus hardi, se précipita, l'arme pointée. D'une feinte habile, Cyrano le délesta de son épée. Mais trois hommes s'étaient regroupés pour lui faire face. Profitant de ce qu'il tentait de les repousser, son premier assaillant récupéra sa rapière. Comme il s'apprêtait à attaquer Cyrano par derrière, Logicielle lui fit un croc-en-jambe. Déséquilibré, l'homme tomba, lâchant cape et épée. Logicielle ramassa l'arme et la pointa vers son ennemi, ébahi d'être ainsi menacé par une femme.

— Sauve qui peut ! hurla alors l'un des assaillants.

Ce cri fut le signal de la débandade. En quelques secondes, les hommes s'égaillèrent, abandonnant la grève. Cyrano partit d'un rire tonitruant et lança à Logicielle :

— Cadédiou ! C'est vous, madame, qui avez donné l'estocade finale !

— Dès le premier assaut de ces marauds, ajouta Lignières qui flageolait sur ses jambes, elle a tenté de me porter secours. Ah, merci Savinien !

— C'est surtout madame que nous devrions remercier pour l'aide qu'elle nous a apportée, dit Cyrano en balayant le sable d'un chapeau imaginaire. Soyez louée pour votre courage ! À qui devons-nous la vie ?

— Oh, je suis sûre que vous vous en seriez tirés sans moi ! Je... Mon nom est Laure de Gicièle.

Afin de se donner une contenance, elle ramassa la cape abandonnée par l'un des assaillants et dit enfin :

– Je suis la nièce de... François, duc de La Rochefoucauld.

Cyrano s'inclina vers elle avant de donner une franche accolade à Lignières.

– Fieffé coquin ! lui dit-il, quel plumitif as-tu raillé dans ton dernier pamphlet ? Boileau ou l'un des frères Corneille ? C'est l'un d'entre eux qui aura chargé ces soudards de te corriger !

– Personne, je te l'assure ! Ah, Savinien, c'est la seconde fois que tu me sauves. Voici douze ans, expliqua-t-il à Logicielle, il a affronté cent hommes qui m'avaient tendu une embuscade à la porte de Nesle.

– Balivernes ! Ils étaient trente à peine.

Le poète chancela. Du sang coulait d'une estafilade à son bras.

– Une simple égratignure ! assura-t-il. Tu as essuyé de bien pires coups. Ta gorge te fait-elle encore souffrir ?

Cyrano dissimula le vilain trou tuméfié qu'il avait au cou.

– Ce vieux coup d'épée qui date du siège d'Arras ? Une bagatelle ! Je déplore seulement qu'il effraie les dames et déforme ma voix...

Tous trois avaient regagné le quartier animé des Halles quand une voiture à cheval s'arrêta à leur hauteur ; un jeune homme pâle en sortit.

– Savinien... et François ! Mais vous êtes blessés ?

– Nous sommes saufs, Henri ! le rassura Cyrano. Grâce à la vaillance de Mme de Gicièle. Madame, je vous présente Henri Le Bret.

Elle improvisa une révérence ; le nouveau venu y répondit en avançant un pied et en courbant la tête. Puis il leur désigna sa voiture.

– Venez chez moi, nous y nettoierons cette blessure. Quelle aventure ! Mais... je vous croyais fâchés, tous deux ?

– Fâchés ? Mais nous le sommes toujours ! protesta Cyrano. Pas assez cependant pour que je laisse un poète se faire tuer par dix coquins ! Figurez-vous, dit-il à Logicielle, que François de Lignières a toujours été un peu... frondeur. Depuis que j'ai trouvé un protecteur et que je ménage le pouvoir, il ne cesse de me brocarder dans ses écrits.

– Je n'ai jamais compris pourquoi tu avais rejoint le camp de Mazarin !

– Montez ! les pressa Le Bret qui semblait vouloir couper court à la discussion. Madame, nous vous souhaitons le bonjour !

Logicielle aurait bien accompagné les trois hommes ; mais leur voiture, déjà, s'éloignait.

– Bon... le plus simple est de rentrer chez Mariane, non ?

Aucune voix n'approuva. Elle se sentit isolée parmi la foule. Elle s'aperçut qu'elle avait gardé la cape violette de l'homme qu'elle avait mis en fuite. Sur la doublure était brodée une petite croix en fil doré surmontée d'un serpent entouré d'un ovale.

Cette cape l'intriguait. Elle se promit de l'examiner à tête reposée.

De retour à l'hôtel de Mariane, elle retrouva le lit dans l'antichambre. Elle s'y allongea après avoir placé la cape sur ses genoux. Elle porta la main à son cou.

Quand elle enleva le patch, ses oreilles bourdonnèrent et sa vue se brouilla un instant. Puis tout redevint très net. Elle était au trente-troisième étage de l'immeuble NCF de la Défense, assise face à l'écran de l'OMNIA 3.

Perrault s'exclama :

– Ah Logicielle, bravo ! Toutes nos félicitations !

Elle voulut saisir la cape sur sa robe... Bien sûr, elle avait disparu.

– Il faudra vous y habituer ! lui lança Tony en récupérant son patch. On ne rapporte rien du Troisième Monde...

– Même si le Troisième Monde peut rapporter beaucoup ! ajouta Kosto.

5

Perrault semblait ravi. Il s'installa face à Logicielle et expliqua :

– Les convenances vous interdisaient d'accompagner ces hommes ! Ils ont dû vous juger très hardie : engager la conversation, intervenir dans un combat, suivre des inconnus...

– J'ai commis une erreur ?

– Mais non, absolument pas.

– Tout ça est votre faute, aussi ! M'impliquer dans une embuscade, faire surgir Cyrano devant moi... vous auriez dû me prévenir !

– Nous ignorions que cela allait arriver, dit Kosto. N'est-ce pas, Tony ? Hier comme aujourd'hui, Logicielle, le Troisième Monde poursuit sa vie. Nous n'avons aucun contrôle sur lui !

Quelque chose la gênait. Elle déduisit à voix haute :

– Si je ne m'étais pas branchée, Lignières serait donc mort ?

– Non, affirma Perrault. Si vous n'étiez pas intervenue, il s'en serait sorti sans vous puisqu'il meurt dans son lit, en 1704, à l'âge de soixante-seize ans !

Logicielle n'était pas convaincue. Elle sentit soudain ses jambes flageoler et comprit qu'elle était épuisée.

– Dites-moi... il n'est qu'une heure de l'après-midi ?

– Oui, dit Kostovitch. Éprouvantes, ces incursions dans le Troisième Monde, pas vrai ? Allez, je vous emmène déjeuner !

Paternel, il entoura les épaules de Tony et de son beau-frère.

– Logicielle ? Vous êtes des nôtres, évidemment !

Comment refuser ?

Kosto les conduisit non loin de là, à *L'Orée du Bois,* un restaurant chic au cœur du bois de Boulogne. Machérie les y attendait ; elle sirotait un quart Vichy dans un tailleur à carreaux roses et blancs tout en triturant, songeuse, la chaîne en or pendue à son cou.

Pendant le repas, dont la qualité et le coût devaient être proportionnels aux bénéfices de la société NCF, Logicielle songea que Max rongeait son frein, solitaire, face à la marée montante. Au moment où l'on servait le dessert, le maître d'hôtel leur apporta un petit flacon sur un plateau.

– Ce sont des capsules d'iode. Nous venons de les recevoir. Il paraît que nous allons en manquer. Par précaution, je vous recommande...

– En manquer ? s'exclama Kosto. Certainement pas. Figurez-vous que ma femme est la responsable du laboratoire qui les fabrique !

– Si vous étiez en rupture de stock, dit-elle aimablement au majordome en lui confiant sa carte, n'hésitez pas, prévenez-moi.

Logicielle, qui réfléchissait, interpella son voisin à voix basse :

– Monsieur Perrault, avouez que vous avez une opinion sur le meurtrier de Cyrano.

– Qu'est-ce qui vous fait croire ça ?

– Allons donc ! Vous avez passé des années à étudier le contexte historique ! Moi, quand je possède un dossier solide, j'ai déjà, comme on dit, une intime conviction.

– Certes. Mais je me garderai de vous influencer !

– Le Bret, un meurtrier ? Peu probable. Le plus fidèle ami de Cyrano est aussi celui qui a pris le risque, après sa mort, de publier ses œuvres subversives. Et Lignières ? Si j'ai bien compris, c'est un vieux rival.

– Des rivaux, dit Perrault, Cyrano en avait des dizaines !

– Lignières reproche à votre ancêtre d'avoir... retourné sa veste, non ?

– Exact. Jusqu'en 1652, Cyrano s'est opposé au régime. Et puis il est devenu tout à coup plus... docile. Il a même trouvé un protecteur en la personne du duc d'Arpajon. Une attitude étrange, que ses anciens amis n'ont cessé de lui reprocher.

– Vous comptez aussi sur moi pour éclairer ce revirement?

Le professeur se contenta de sourire.

– Pourquoi tenez-vous tant à ce que j'intervienne, monsieur Perrault?

Devant sa mine décontenancée, elle s'expliqua:

– Ma présence est inutile. Si le Troisième Monde reconstitue l'exacte réalité historique, attendez sans intervenir, vous assisterez au meurtre!

– Astucieux. Mais peu probable.

– Pourquoi?

– D'abord nous ignorons la date précise à laquelle Cyrano a reçu cette poutre sur la tête, était-ce en septembre ou en octobre 1654? Ensuite, voir le meurtrier ne serait pas identifier son commanditaire, car l'assassin véritable n'a sûrement pas voulu se salir les mains! Enfin, reconstituer un meurtre, ce n'est pas le reproduire avec exactitude, vous le savez.

– Justement. Ma présence ne va-t-elle pas perturber cette reconstitution?

Tony et les Kostovitch s'étaient tus, atte
au débat qui opposait Perrault et Logicielle.

– C'est un risque à courir. Il en vaut la peine.
Il permet d'approcher les ennemis de Cyrano,
de les surveiller, de deviner leurs intentions...

– Et de les empêcher d'agir ?

L'argument fit mouche. Au lieu d'avaler sa
cuillerée de pêche Melba, Perrault, perplexe, la
reposa dans son assiette.

– Ah non, Logicielle ! Nous devons prendre
l'assassin la main dans le sac. Donc le laisser
accomplir son crime.

– Désolée, monsieur Perrault. Mais c'est
impossible.

Un silence pesant s'installa. La bonne humeur
de Kostovitch retomba avec la cerise qui sur-
montait sa glace. Les tics de Tony redoublèrent.
Logicielle prit les convives à témoin pour affirmer avec vigueur :

– Ma fonction m'interdit de laisser un
meurtre se commettre sous mes yeux. Surtout
si j'ai les moyens de l'empêcher.

Et elle ajouta après un temps de réflexion :

– Même s'il s'agit d'un crime virtuel.

Quand ils sortirent de table, il n'était pas loin
de dix-sept heures. Au moment de se séparer,
Kosto demanda à Logicielle si elle acceptait de
consacrer son prochain week-end à NCF.

– Ce repas était excellent, monsieur Kostovitch, répondit-elle un peu embarrassée. Mais,
pour être franche, je me demande si je suis
indispensable. Et je m'interroge sur l'utilité de
votre logiciel.

– Vous plaisantez ? ... Tony, expliquez-lui !

Tony s'exécuta avec une conviction non
feinte.

– Jamais l'environnement du XVIIe siècle
n'aura été reconstitué avec autant d'exactitude !
C'est un moyen fabuleux pour étudier l'histoire, la politique, la littérature, les arts, la vie
quotidienne... Une fois le jeu commercialisé,
imaginez qu'un utilisateur empêche, par
exemple, euh... Molière de mourir ! Du coup, le
voilà qui se met à écrire de nouvelles pièces.
Inédites ! Mais oui ! Le logiciel autorise sûrement de telles extensions !

– Mais il faut nous assurer que les conséquences de telles utilisations n'entraînent
aucune dérive, expliqua Kosto. Qu'elles sont
sans danger. Vous comprenez ?

Elle comprenait surtout que les objectifs de
Perrault et de Kosto divergeaient. Ou plutôt
que rechercher l'assassin de Cyrano n'était
qu'une des multiples applications possibles de
ce nouveau logiciel.

– Nous vous attendons à NCF samedi après-
midi, dit le PDG.

– Ce jour-là, Laure a rendez-vous dans le salon de Ninon de Lenclos, insista Perrault. Vous y rencontrerez les grands écrivains de l'époque !

– L'assassin pourrait se trouver parmi eux ?

– Qui sait ? Nous ne devons négliger aucune piste.

En revenant chez elle, Logicielle se surprit à murmurer :

– Et Cyrano ne sera assassiné qu'en septembre. Ou en octobre !

Elle n'avait aucun message sur son répondeur. Elle appela Max, il était en ligne. À moins qu'il n'ait décroché le combiné, histoire de faire croire qu'il était très occupé ailleurs.

En suivant le journal du soir, une information l'intrigua :

– Selon des sources bien informées, un acte de malveillance pourrait avoir provoqué l'accident de la centrale du Blayais. Actuellement, une enquête est en cours, qui devrait faire la lumière sur les causes...

Elle se précipita sur le téléphone. Germain décrocha aussitôt.

– Ah, Logicielle ! Important : avez-vous pris votre capsule d'iode ?

– Oui, à midi. Merci pour votre message de vendredi. Dites-moi, Germain, je viens d'entendre qu'il pourrait s'agir d'un attentat ?

Un silence gêné lui répondit. Le commissaire avoua enfin :

— Je participe à l'enquête, mes collègues de Bordeaux m'ont mis à contribution. Il serait délicat de vous livrer des détails au téléphone.

— Vous êtes tenu au secret, Germain. Je n'insiste pas.

— Ne le divulguez pas, mais il s'agit bien d'un attentat ! Pour l'instant non revendiqué. Un couple d'ingénieurs a disparu. Et de votre côté ?

Longuement, elle lui relata la visite de Perrault, ses retrouvailles avec Kosto, ses séjours dans le Troisième Monde. Elle déplora les réticences de Max et ses vacances compromises. Germain murmura :

— Oh, il y aurait bien un moyen de vous satisfaire tous les deux.

Elle crut voir sourire son vieil ami au bout du fil.

— Un moyen ? Et lequel ?

— Trouvez un rôle à Max ! Un... avatar, c'est ça ? Beaucoup de couples seraient ravis de passer un mois de vacances au XVIIe siècle !

— Max accepterait peut-être, Germain. À condition qu'il puisse faire là-bas du canoë-kayak, du camping et de la moto. Ça ferait plutôt désordre dans le paysage, je vois d'ici la tête de Jean Perrault !

Deux jours plus tard, une nouvelle stupéfiante secoua tout le commissariat : Delumeau avait envoyé une carte postale de Grèce !

— Aucun doute, c'est son écriture, constata Jean-François, le brigadier-chef en examinant la carte pour la troisième fois. Et il a même achevé par « mon cordial souvenir à tous ». Incroyable !

— Avec le temps, il s'humanise ! dit Max. Peut-être aura-t-il appris à sourire là-bas ? Nous devons en profiter ! Dès son retour, proposons-lui une nouvelle petite fiesta. Par exemple pour son anniversaire.

— Je ne vous le recommande pas, dit Logicielle. Il est né un premier avril. Je redoute un gros dérapage.

— Et si on lui demandait de fêter la Sainte-Catherine ?

Le brigadier-chef, qui avait lancé cette suggestion, s'expliqua :

— Logicielle a eu vingt-cinq ans au début de l'année. Et elle n'est toujours pas mariée !

Forts de cette résolution, les collègues de Logicielle quittèrent son bureau.

— Attention ! l'avertit Max en partant. Tu n'as pas intérêt à nous faire une mauvaise farce et à te marier avant le 25 novembre. Entendu ?

— Rassure-toi, Max. Le jour où je déciderai de me marier, tu seras le premier averti, je te le promets.

Le jeudi matin, Logicielle reçut un appel de Jean Perrault.

– J'ai du nouveau, lui dit-il d'un ton joyeux. Nous avons ajouté à votre avatar un accessoire très utile : un petit ouvrage glissé dans une poche de votre robe. Vous le consulterez en cas de besoin. Cela vous évitera d'être prise de court. Il contient mille renseignements sur les personnages que vous pourriez croiser dans le Troisième Monde : hommes politiques, écrivains... Ils sont classés par ordre alphabétique.

– Avez-vous pensé aux conséquences si on le découvrait ?

– Il ressemble à un livre pieux. Personne n'osera vous le réclamer. Mais votre question est pertinente, Logicielle. Certains norns commencent à s'interroger...

Elle prit conscience que, depuis dimanche, Tony, Kosto et Perrault avaient dû souvent se brancher.

– Il s'est produit un événement imprévu pendant mon absence ?

– Non, pas vraiment. Mais les médecins se succèdent au chevet de Laure. Forcément, depuis quatre jours, votre avatar somnole ! Mariane était inquiète. Les médecins se perdent en conjectures sur cette inexplicable langueur.

– Est-ce une ruse destinée à me faire venir plus tôt que prévu ?

– Pas du tout ! se défendit Perrault. Plutôt une des contradictions du programme. Un inconvénient dont nous n'avions pas pu envisager les conséquences à long terme. Mais rassurez-vous. Tony et moi, nous veillons au grain, nous nous relayons chez Ninon de Lenclos, Le Bret, Cyrano...

– Quel personnage jouez-vous, monsieur Perrault ? demanda-t-elle.

– Un médecin. L'un de ceux à qui Mariane a demandé d'intervenir.

– Et Kosto ?

– Ah ! Son avatar, un poète débutant, nous a posé problème. Ses gaffes incessantes nous ont obligés à modifier son rôle. Il est devenu laquais au service de Françoise d'Aubigné et de son époux, l'écrivain Scarron.

Logicielle avait du mal à imaginer Kosto dans ce nouveau statut.

– Monsieur Perrault, avez-vous eu l'occasion d'examiner la cape que j'ai chipée à l'assaillant de Lignières ?

– Oui. La croix brodée et les initiales me font penser à... Mais non. Je ne voudrais pas vous influencer ni vous induire en erreur. Vous poserez la question à quelqu'un de plus compétent que moi.

– À qui ? Qui saura me renseigner ?

– Cyrano, évidemment !

 **6**

Il était vingt et une heures. Logicielle, au téléphone, négociait une réconciliation délicate avec Maxime quand résonna dans son écouteur le bip caractéristique du double appel.

– Excuse-moi, Max. Je te mets une minute en attente.

– Logicielle ? C'est Germain. Écoutez, je voulais vous informer d'un fait qui me semble bizarre… Savez-vous si Kostovitch a branché son Troisième Monde sur Internet ?

– Que dites-vous ? C'est absolument impossible ! Il veille à ce que son logiciel reste ultra-secret !

– Alors j'espère qu'il a déposé le nom de son programme et qu'il en possède le copyright. Voyez-vous, je viens de découvrir par hasard sur le Net un site qui s'appelle le Troisième Monde. Oui, en français, rien à voir avec le Second World dont vous m'avez parlé.

– Incroyable ! Vous avez les coordonnées de ce site ?

Elle les nota sur un calepin. C'était sûrement une coïncidence.

– Et à quoi ressemble ce Troisième Monde, Germain ?

– Impossible de m'y connecter, mon ordinateur ne peut charger toutes les données. Il me faudrait un OMNIA 3. Puisque vous en possédez un...

– Merci. Merci pour tous ces renseignements, Germain.

Un doute s'insinua en elle. Elle retrouva Max, qui patientait gentiment, et s'excusa :

– J'aimerais vérifier ça tout de suite. Tu imagines la catastrophe si un collaborateur indélicat de NCF avait mis le programme sur le réseau ?

Elle raccrocha, fit pivoter son fauteuil et se retrouva face à son ordinateur. Il lui fallut moins d'une minute pour se brancher sur le Net. Et dix secondes pour découvrir le site, Germain ne s'était pas trompé ! Elle s'y connecta aussitôt. Le ronronnement de l'OMNIA 3 confirma le téléchargement des données.

Et là, l'impossible se produisit. Logicielle ressentit un vertige presque familier. Ses oreilles se mirent à bourdonner, sa vue se brouilla légèrement. Et elle se retrouva ailleurs, dans un lieu qu'elle reconnut aussitôt : l'antichambre de l'hôtel particulier de Mariane. Dans le corps de Laure, son avatar.

Elle était au cœur du Troisième Monde.

– C'est impossible !

Du moins si invraisemblable qu'elle voulut d'abord vérifier. Elle se leva, piétina un vêtement qui traînait à terre – la cape, c'était la cape ! Elle la ramassa, alla jusqu'à la porte qu'elle ouvrit. La cour de l'hôtel particulier était plongée dans l'obscurité. Prudemment, elle s'aventura jusqu'à la rue. Elle était sombre et déserte. Il faisait nuit.

– Bien sûr, il fait nuit ici aussi ! murmura-t-elle.

La lueur d'un croissant de lune se reflétait sur le pavé luisant. Elle perçut des cris et des rires provenant d'un estaminet proche. Un vent frais portait jusqu'à elle des relents de lessive et de marée.

Elle se trouvait dans le Paris de 1654.

– C'est impossible...

Elle porta sa main à sa nuque. Elle n'y découvrit évidemment aucun patch.

– Revenir... mais comment vais-je revenir ?

Une panique inconnue la submergea. Elle réprima l'envie de partir à la recherche de... C'était ridicule. En 1654, son studio de Saint-Denis n'existait pas.

– Mais je suis dans mon studio !

Elle ferma les yeux et, dans un effort de volonté, avança la main. Elle sentit aussitôt le clavier de son ordinateur sous ses doigts. Elle s'y accrocha comme à une bouée.

– Bon. Me déconnecter… vite !

Elle palpa les touches. Elle connaissait le clavier par cœur et quitta le site en deux secondes. Aussitôt, le cadre banal et douillet de son studio surgit devant elle. Son cœur battait à coups précipités.

Elle murmura pour la troisième fois :

– C'est impossible.

Pourtant, elle n'avait pas rêvé. Désormais, le Troisième Monde était en ligne sur Internet. Et l'on y entrait juste en se connectant !

Une nouvelle fois, elle se passa la main dans le cou sans rien y découvrir de suspect. Elle essaya de gratter sa peau. L'une des griffes du patch se serait-elle détachée ?

– Non. C'est ridicule.

Elle balançait entre colère et désarroi. Elle accusa Tony d'une erreur fatale. Ou d'une manœuvre machiavélique. Elle avait du mal à faire face à l'avalanche de questions qui l'assaillaient. Elle revint vers l'OMNIA 3, décrocha le téléphone et composa le numéro de NCF.

La ligne de Kosto était occupée. Elle se rabattit sur Jean Perrault, qui répondit tout de suite, d'une voix lasse :

– Ah, Logicielle, c'est vous…

– Il vient de m'arriver quelque chose de stupéfiant ! Savez-vous que le Troisième Monde est sur Internet ?

– Oui. Nous le savons depuis midi. C'est une catastrophe.

– Ce n'est pas le pire, monsieur Perrault ! Je viens de me brancher et…

Il l'interrompit aussitôt :

– Il nous est arrivé la même chose, à Tony, Kosto et moi. Nous avons basculé dans le Troisième Monde. Sans patch. Simplement en nous connectant sur le site.

– Vous aussi ? Mais comment est-ce possible ?

– Nous l'ignorons. Kosto questionne tous ses collaborateurs. Et Tony dirige une cellule de crise. Une réunion au sommet a lieu demain matin, à dix heures, avec le personnel au complet.

Elle raccrocha, plus perplexe que jamais, et pensa à joindre Max. Non, il serait trop content de savoir que les choses tournaient mal.

Quand elle décida d'aller se coucher, il était plus de minuit. Une fois n'était pas coutume, elle prit un léger sédatif. Sans lui, elle n'aurait pu dormir. Elle se réveilla en sursaut à l'aube, tremblante d'émotion et trempée de sueur, sa main stupidement crispée sur son cou, appelant désespérément Cyrano à l'aide.

Logicielle était à peine entrée dans son bureau qu'on lui passa une communication. C'était le cabinet du préfet.

– Nous venons d'apprendre qu'un piratage informatique a été effectué à Neuronic Computer France. Nous faisons le nécessaire pour que vous soyez chargée de l'enquête. Une réunion se déroule ce matin au siège de la société. Pourriez-vous y être présente ?

Le PDG de NCF n'avait pas perdu de temps. Il devait disposer de solides appuis. Quand Logicielle quitta le commissariat, après neuf heures, elle croisa Max dans l'escalier ; il lui demanda où elle allait.

– À NCF. Et crois-moi, ce n'est pas pour me distraire.

Elle affichait une mine si renfrognée qu'il n'insista pas.

À en juger par la foule amassée au trente-troisième étage, Kostovitch avait convoqué ses troupes au complet. En voyant Logicielle entrer, il lui fit signe de le rejoindre derrière le grand bureau où se trouvaient déjà assis Tony et Perrault, ainsi qu'une femme assez forte en blazer bleu, aux manières un peu masculines. Logicielle sut qu'elle l'avait déjà vue quelque part ; on n'oubliait pas ce visage rude et cette coiffure sévère, au carré.

Rompant un silence tendu, le PDG prit la parole.

– Nous devons nous rendre à l'évidence. Quelqu'un s'est emparé du Troisième Monde et l'a mis en ligne sur Internet… Nous avons visionné toutes les cassettes de surveillance. Sans résultat. Pourtant, le logiciel n'a pu être copié qu'ici même. Le coupable se trouve sans doute parmi nous. Tout sera mis en œuvre pour le retrouver. En attendant, je vous demande d'unir vos efforts aux miens pour l'identifier. Il y va de la survie de la société !

Dans la foule, une main se leva.

– C'est le délégué du personnel, chuchota Tony à Logicielle.

– Nous partageons votre désarroi et votre colère, monsieur Kostovitch. Mais aucun d'entre nous ne peut être l'auteur de ce forfait. Depuis vingt mois, le Troisième Monde constitue notre outil de travail. Nous savons tous qu'en le mettant sur Internet nous nous privons de sa commercialisation. Et que la ruine de NCF entraînerait la perte de notre emploi. Je ne connais pas de marin assez fou pour saborder le navire qui le transporte !

– D'autant, ajouta le PDG, que cet acte n'aura rien rapporté à son auteur ! En mettant notre projet en ligne, il l'a offert au monde entier !

– Je ne vois qu'une hypothèse, dit Logicielle, une vengeance. Celle de quelqu'un qui voulait ruiner NCF, même au prix de son propre emploi. Quelqu'un qui a peut-être été soudoyé par une société concurrente ?

Kosto fit la grimace, cette supposition ne le séduisait pas.

– Les concurrents, nous les connaissons. Ce sont des requins, comme nous. Mais les requins ne se dévorent pas entre eux. Du moins pas de cette façon. Il existe des procédés légaux pour absorber un adversaire.

– Une imprudence a pu être commise, suggéra Logicielle. Supposons que quelqu'un, ici, ait copié le logiciel, emporté le CD – oh, peut-être pour le tester chez lui, avec les meilleures intentions du monde ! Et un ami, un voisin a fini par le savoir…

Prenant ses camarades à témoin, un technicien se leva et affirma :

– Aucun de nous n'aurait pris un tel risque ! D'ailleurs rares sont ceux qui ont accès au logiciel. Les copies sont numérotées et rangées chaque soir dans le coffre.

– En effet, admit le PDG. Et nous sommes peu nombreux à en posséder la combinaison.

Il ne livra aucun nom. Mais en les voyant pâlir, Logicielle comprit qu'il devait s'agir de Tony et de Jean Perrault. Le délégué du personnel reprit la parole en désignant l'inconnue.

– Miss Simpson finira peut-être par découvrir qui a fait le coup. Pourrait-elle nous donner son avis ?

Simpson ! À présent, Logicielle se souvenait : c'était l'Anglaise d'Interpol ! Celle qu'on avait surnommée le gendarme d'Internet. Depuis son QG de Londres, elle tentait d'identifier et de piéger ceux qui, un peu partout dans le monde, installaient des sites clandestins, le plus souvent nazis ou pédophiles.

– Hier soir, nous avons repéré le lieu d'émission du site…

Un murmure de satisfaction générale s'éleva.

– C'était dans la banlieue de Sydney, en Australie. J'ai aussitôt prévenu la brigade informatique locale qui s'est mise en chasse. Comme il fallait s'y attendre, poursuivit-elle, le site de Sydney a disparu ce matin. Pour réapparaître aussitôt à Philadelphie, aux États-Unis. Jouer au chat et à la souris prendra du temps. Surtout si les coupables ont des complices. Ce qui semble être le cas.

Kostovitch leva la séance. Logicielle alla trouver Tony.

– Pourquoi Kosto n'a-t-il pas révélé qu'on basculait sans crier gare dans le Troisième Monde ?

– Inutile de l'ébruiter. Ce phénomène n'a touché pour l'instant que quelques-uns d'entre nous : Kosto, Perrault, moi… et vous ?

– Oui. Hier soir, j'en ai fait l'expérience à mes dépens. Votre patch s'est détraqué, Tony, n'est-ce pas ?

L'informaticien, cramoisi, se grattait furieusement la tête.

– Je ne sais pas, bredouilla-t-il en tordant la bouche dans une série de rictus épouvantables. Je n'y comprends rien. Que le logiciel soit en ligne est scandaleux mais bon, c'est explicable. En revanche, il n'y a aucune raison pour que l'on plonge dans le Troisième Monde seulement en se branchant sur le site ! Le patch est comme une clé. Sans lui, ou sans combinaison, vous ne pouvez pas entrer dans le Troisième Monde ! Vous pouvez juste l'observer sur l'écran...

– Et pourtant, nous y entrons !

– Oui, et je suis le premier stupéfait de voir que ça fonctionne tout seul ! C'est comme si votre voiture démarrait au moment où vous vous asseyez au volant. Sans que vous mettiez le contact. Logicielle, croyez-moi : j'ai participé à la fabrication du véhicule. Et j'ai mis la clé de contact au point.

– Le problème, c'est que plus personne n'est maître du véhicule.

Perrault les avait rejoints. À en juger par les cernes sous ses yeux, il n'avait pas dormi. Il déclara d'une voix blanche :

– Et ce véhicule, Logicielle, n'importe qui peut désormais l'emprunter. Notre Paris virtuel de 1654 est accessible à tous.

– Non, rectifia Tony, seulement aux possesseurs d'un OMNIA 3.

Exact, songea-t-elle, et puisque cet ordinateur coûtait autant qu'une voiture de luxe, le nombre de ses utilisateurs était réduit.

– Il existe deux millions d'exemplaires d'OMNIA 3 dans le monde, précisa Perrault. Soit trois ou quatre fois plus d'utilisateurs potentiels.

– Mais combien, parmi eux, savent que le Troisième Monde existe ? demanda-t-elle.

– Pour l'instant une centaine, répondit Kosto qui, avec miss Simpson, s'était joint au groupe. Mais l'information va circuler. Très vite.

– Pas de panique ! coupa Logicielle. Il est vrai que nous avons pénétré dans ce monde virtuel sans accessoire. Mais peut-être est-ce parce que nous avons utilisé ce fameux patch ? Ce truc a pu, je ne sais pas moi… transmettre et inscrire ses données à notre moelle épinière ?

– Non, affirma Kosto, miss Simpson n'a jamais mis de patch. Et pourtant, en arrivant ici ce matin, elle s'est branchée sur le site et a aussitôt plongé !

– Attendez, fit Logicielle. Miss Simpson, vous êtes entrée dans le Troisième Monde ce matin ? Où êtes-vous apparue ?

– Je me souviens d'une pièce plongée dans la pénombre. Une pièce remplie de vêtements, accrochés un peu partout. J'ai erré un moment, trouvé une porte. Et je me suis retrouvée dans une rue animée. Avec des laquais, des carrosses. Affolée, je me suis débranchée.

– Et qui étiez-vous ?

– Qui j'étais ? Je l'ignore. Voyons... je portais une robe.

– Une robe de servante, de marquise, de courtisane ?

– Écoutez, je n'en sais rien ! Quand vous sortez d'un rêve, êtes-vous capable de dire comment vous y étiez habillée ?

– Ce n'était pas un rêve, répliqua Logicielle. Observez mieux l'endroit où vous vous trouvez, la prochaine fois et tâchez de connaître votre identité.

– La prochaine fois ? répéta miss Simpson en faisant la moue. Est-ce indispensable ? Mon travail, c'est d'explorer Internet.

– Explorez. De mon côté, je mènerai l'enquête à l'intérieur du Troisième Monde. Car les coupables doivent y rôder.

– Et Cyrano ? demanda Jean Perrault d'une voix timide.

– Nous avons d'autres chats à fouetter ! se rebiffa Kosto. L'assassin de ton ancêtre passe après les pirates de mon logiciel !

Logicielle n'en était pas si sûre. Ou plutôt elle pressentait que ces deux enquêtes pouvaient n'en faire qu'une.

Elle rejoignit le commissariat peu après midi et croisa Max dans un couloir.

– Bien sûr, lui dit-il sur un ton sarcastique, tu ne viens pas déjeuner avec moi ? Tu n'as pas le temps de m'expliquer ? Tu es trop occupée ?

– Excuse-moi, Max. Si, allons manger un morceau. Tiens, je t'invite.

Elle commença à lui relater les faits en détail. Au moment où ils entraient dans le self, son portable grésilla.

– Logicielle ? C'est Kosto. Nous avons un nouveau problème…

Elle entendit, en arrière-plan, Tony et Perrault qui approuvaient.

– Nous revenons du Troisième Monde, annonça le PDG. Et vous n'êtes plus dans l'antichambre de Mariane.

– Que dites-vous ?

– Quand j'affirme que nous avons un nouveau problème, Logicielle, c'est plutôt vous qu'il concerne : votre avatar a disparu !

7

– Du nouveau ? demanda Max qui remplissait son assiette de crudités.

– Oui, répondit Logicielle. J'ai disparu !

Perplexe, elle éteignit son portable. Max déclara :

– Ma foi, ce qui disparaît, c'est ton bon sens. Car, à moins d'avoir la berlue, il me semble que tu es toujours là, non ?

– Je voulais dire : Laure de Gicièle a disparu. Mon avatar !

– Ça te pendait au nez, dit Max en posant sur son plateau une mousse au chocolat. À force d'exister en deux exemplaires, tu devais finir par en égarer un. Heureusement, c'est l'original que j'ai sous les yeux. Du moins j'espère... Tu confirmes ?

Logicielle n'était pas d'humeur à plaisanter.

– Max ? Excuse-moi, il faut que j'en aie le cœur net. Je te laisse.

Elle planta là son adjoint et rejoignit en courant sa Twingo garée un peu plus loin. En route vers son studio, elle s'exclama brusquement :

– Dans la rue ! J'étais dans la rue quand je me suis déconnectée !

Oublier son avatar comme un vulgaire parapluie, quelle négligence…

En s'installant face à son OMNIA 3, elle sentit sa tension monter. Et si le phénomène ne se reproduisait pas ? Elle se brancha sur Internet et identifia le site du Troisième Monde.

– Où vais-je me retrouver ? Une seule solution pour le savoir… Allez !

Elle eut un bref vertige.

– Vous voilà revenue à vous, madame ?

Elle se redressa. Elle se trouvait dans une soupente d'aspect sordide meublée d'un lit étroit et d'une table en bois grossier. Là, penché au milieu de livres entassés, un homme vêtu d'une robe de chambre râpée écrivait avec une plume d'oie. Il s'interrompit, leva la tête et lui sourit. C'était Cyrano !

– Quelle terrible figure vous faites ! s'exclama-t-il. On dirait que vous revenez des enfers… De quel étrange songe sortez-vous ?

Un moment, Logicielle douta. Et si la réalité était ici, et le monde d'où elle venait, un rêve ?

– Qu'est-ce que je fais chez vous ?

– Voulez-vous que je vous conte l'histoire ? Eh bien voilà : hier soir, je ribaudais avec quelques amis. Des mauvais garçons pour la plupart. Eh oui, j'apprécie ce qui répugne au commun, le saviez-vous ?

Il eut une moue d'autocritique.

– Je n'avais pas fait vingt pas hors de l'estaminet que je bute contre un corps affalé sur le pavé ! Je me penche, je vous reconnais.

– Et… vous m'avez ramassée ?

– Que vouliez-vous que je fisse ? Il était entre onze heures et le minuit. Vous étiez légère à mon bras. Et l'hôtel d'Arpajon à deux pas. De crainte que vous ne devinssiez la proie d'un drôle moins honnête que moi, je vous menai à mon logis. Votre honneur est sauf, n'ayez crainte.

Logicielle avait du mal à comprendre Cyrano. Ne sachant quelle attitude adopter, elle se leva, alla jusqu'à la fenêtre. D'ici, on dominait un Paris baroque : les rues étroites apparaissaient à peine entre un inextricable fouillis de toits de chaume mais surtout d'ardoise et de terre cuite.

– Vous habitez ici ?

– Le duc m'a réservé cette chambre misérable, sans cheminée, au dernier étage de son hôtel. J'ai pour voisins cuisinières et laquais. Mais bah ! Devenir valet, n'est-ce pas le sort des auteurs dépourvus de rentes ? Et comme mon père a vendu la terre de Bergerac l'an passé, il faut bien, si je veux écrire, que je me loue à quelqu'un !

Que d'amertume dans cet aveu! Consciente de sa situation délicate, seule chez un homme, Logicielle se dirigea vers la porte. Il s'interposa d'un geste.

– Vous partirez bientôt, mais pas avant que vous m'ayez parlé de vous.

Soit. Après tout, ce sauvetage clandestin était inespéré. Elle improvisa :

– Que voulez-vous savoir? Cette nuit, je ne dormais pas. J'ai voulu prendre le frais. Je crois que je me suis évanouie dans la rue.

– Qui êtes-vous, Laure de Gicièle, et qu'est cet étrange livre?

Il désignait un petit volume relié de cuir ancien posé près d'elle, sur la cape de leur agresseur. C'était l'ouvrage que Perrault avait dû glisser dans une poche de sa robe. Elle pâlit.

– Je l'ignore. Je ne l'ai jamais vu, je vous jure!

– Vous jurez? fit-il en éclatant de rire. Ah, laissez le soin de jurer à des impies comme moi! Voyez-vous, quand je vous ai déposée sur ce siège, ce livre a chu, il s'est ouvert. Les quelques mots que j'y ai lus m'ont fort intrigué...

– Vous n'aviez pas le droit! s'indigna-t-elle.

– Pardonnez-moi, répondit-il d'un ton sec. Je voulais au moins savoir si j'avais introduit chez moi une huguenote... ou une cagote!

D'un geste, il montra qu'il les mettait d'ailleurs dans le même sac. De plus en plus inquiète,

Logicielle se demandait ce qu'il avait pu découvrir dans ce bouquin.

– Révélez-moi, Laure, qui vous êtes.

– Cyrano... je ne vous veux aucun mal ! Au contraire.

Sa sincérité évidente le frappa. Il se leva, s'approcha d'elle.

– Je le crois. Sinon, auriez-vous risqué votre vie pour moi ? Dites-moi, Laure, reprit-il en brandissant l'ouvrage, qui a imprimé ces secrets ?

– Ce ne sont pas des secrets. Ce sont... de plaisants mensonges ! fit-elle en essayant de sourire. Quand vous écrivez, ne mentez-vous pas ? Dans vos romans, vous affirmez bien être allé dans la Lune et dans le Soleil !

– Pour une jeune provinciale fraîchement débarquée des Amériques, vous me semblez très au courant de ce qui se lit... Les récits dont vous parlez ne sont pas publiés !

Logicielle comprit qu'elle avait gaffé.

– D'où venez-vous, Laure, pour savoir quand je mourrai ? Du futur ?

C'était une catastrophe ! Révéler la vérité à Cyrano ? Mais aurait-il les moyens de l'appréhender ? Elle devait trouver un moyen subtil de s'en tirer. Si possible sans mentir. Elle se souvint du titre de l'ouvrage dont Max lui avait fait cadeau et qu'elle avait lu si tard, l'autre nuit.

– Non, Cyrano. Je viens d'un autre monde. Oui... de l'autre monde.

Il parut accuser le coup. Il désigna sa table de travail et son manuscrit, puis demanda d'une voix stupéfaite :

– Comment pouvez-vous connaître cette expression ? Mon récit s'appelle *États et Empires du Soleil* ! Le publier avec mes vieux *États et Empires de la Lune* sous le titre de *L'Autre Monde* est un projet qu'ignore même mon ami Le Bret ! Ah, Laure, ajouta-t-il, subjugué, en lui saisissant passionnément la main, puisque vous savez si bien ce qui préoccupe mon esprit, vous connaissez les secrets de mon cœur !

Comment allait-elle se tirer de ce pétrin ? Elle fut lâchement tentée de se déconnecter. Mais ce n'était pas le moment de s'évanouir et de perdre le contrôle de son avatar. Elle reprit possession de son livre puis se dirigea vers la porte.

– Gardez-vous de sortir maintenant ! lui recommanda-t-il. On vous verrait, ce qui vous causerait du souci autant qu'à moi. Je vous expliquerai comment quitter discrètement ces lieux. Restez encore un moment ! Et dites-moi : il est écrit que je mourrai le 28 juillet, l'an prochain. Si tel est mon destin...

Évidemment, il avait lu l'article le concernant ! À sa place, elle en aurait fait autant.

– ... je veux en connaître le détail ! implora-t-il.

Soudain, Logicielle comprit qu'il était inutile de reculer : le mal était fait. Elle lui saisit les mains.

– Rien n'est écrit, Cyrano ! Et peut-être pouvons-nous détourner ce destin ! Je suis là pour vous porter secours. Pour éviter qu'il vous arrive malheur. Mais il faut que vous m'aidiez. Que vous me disiez tout. Que vous me parliez de vos ennemis !

Il la fixa d'un regard pénétrant et finit par murmurer :

– Je vous crois. J'ai confiance en vous, Laure de Gicièle ! Votre livre révèle déjà tant d'incroyables détails sur ma vie... Mes ennemis ?

Il ramassa la cape violette abandonnée sur le fauteuil et désigna à Logicielle la croix et les lettres d'or brodées sur la doublure.

– Les voici ! annonça-t-il presque fièrement. Le Saint-Office !

– Le Saint-Office ?

– L'Inquisition, si vous préférez.

Elle se pencha sur le vêtement. Ce qu'elle avait pris pour un serpent entouré d'un cercle était la lettre S enfermée dans un O. Le Saint-Office ! Autrement dit la police secrète de l'Église. Pour en savoir plus, il lui aurait fallu interroger Perrault – ou consulter l'ouvrage qu'elle venait de récupérer.

– Ses agents s'en sont pris à Lignières faute de s'en prendre à moi. Car j'ai fait amende honorable, je suis devenu respectable.

Elle se souvint. Autrefois, Cyrano avait attaqué Mazarin et fait partie de la Fronde. Athée, il avait attaqué l'Église de front. Mais en 1652, il avait renié ses amis libertins et pris un protecteur. Elle répliqua :

– En ce cas, le Saint-Office n'est plus votre ennemi ?

– Hélas, un ancien adversaire ne devient jamais un ami. Par contre, si vous trahissez vos amis, ils deviennent vos ennemis !

Compliqué, songea Logicielle qui haussa les épaules et demanda :

– Pourquoi avez-vous changé de camp ?

– D'abord pour apaiser ma sœur Catherine.

En l'évoquant, une lueur humide s'alluma dans son regard.

– Elle est religieuse. Mon athéisme affiché et ma vie dissolue ne cessaient de la tourmenter. Mon repentir, qui lui semblait sincère, l'a apaisée.

– C'est donc une ruse ?

– Une feinte qui m'a apporté la paix ! Les opinions raisonnables que je professe désormais me permettent d'écrire en toute sérénité. De ne plus déménager à la hâte, de me promener sans garder l'épée à la main. De ne plus affronter le pouvoir royal, l'Église, la censure… Et de manger à ma faim.

Il désigna les étages inférieurs et révéla à voix basse :

– Le duc d'Arpajon, mon maître, est un rustre fort vaniteux. Je suis à la fois son secrétaire, son bibliothécaire, son lecteur et son porte-plume... Il aime à fanfaronner. Alors je lui résume les ouvrages qu'il n'a pas le courage de lire afin qu'il puisse en parler dans les salons. J'écris parfois quelques vers dont il se vante d'être l'auteur. Comme personne n'est dupe, je suis deux fois le gagnant de l'affaire. Car il me fournit le gîte et le couvert et nul n'ose plus m'attaquer. On fait mine de croire les idées que j'affiche. J'ai donc tout loisir de travailler à cet ouvrage qui, s'il paraissait, ferait connaître que je n'ai point changé d'opinion. Mazarin, que je ménage désormais, m'a accordé son pardon. Quant au Saint-Office, il sait hélas que mon feint repentir me sert de bouclier.

– Et vos anciens amis devenus vos ennemis, qui sont-ils ?

Sa mine s'allongea. Il avoua d'une voix cassée :

– D'Assoucy ! Il n'est pas de pire ennemi qu'un ami qui vous a trahi...

– D'Assoucy ? Qui est-ce ?

– Faut-il que vous veniez de loin pour ne pas le connaître ! C'est un poète de talent et un grand musicien. Un aîné, un modèle, un frère, un...

Ses yeux, jusqu'ici perdus dans le vague, lancèrent des éclairs.

– Mais que dis-je ? C'est un plagiaire, un vil barbouilleur, un grimaud, un fripier d'écrits !

Ce revirement et ce brusque torrent d'insultes intriguèrent Logicielle. Ce d'Assoucy aurait-il ruminé en secret le projet de tuer son ancien ami ?

– Où pourrais-je le rencontrer ? demanda-t-elle.

– Oh, chez Scarron, dont l'épouse tient salon ! Pourquoi le voulez-vous connaître ?

– Je veux approcher tous ceux qui vous veulent du mal pour éviter qu'ils vous nuisent. Maintenant je dois partir. Montrez-moi le chemin.

Elle se demandait comment le revoir. Une idée l'effleura.

– Demain après-midi, m'accompagneriez-vous chez Ninon de Lenclos ?

– Je ne fréquente plus son salon. Et elle ne m'y a pas convié.

Au diable les convenances ! Le temps pressait, maintenant que le Troisième Monde avait ouvert ses portes.

– J'en fais mon affaire, affirma-t-elle. Je passerai vous prendre.

Il la fit sortir sur le palier, l'entraîna dans un minuscule escalier de bois en colimaçon. Ils parvinrent au rez-de-chaussée sans rencontrer quiconque. Là, Cyrano ouvrit une porte étroite qui donnait sur une venelle. Elle lui adressa un signe et s'échappa.

– Voyons. Comment rejoindre l'hôtel particulier de Mariane ?

Elle récupéra le plan dans une poche de sa robe et parvint à s'orienter. Elle jetait de fréquents regards autour d'elle, essayant de deviner si de nouveaux venus ne se mêlaient pas aux figurants et aux norns. Elle ne nota rien d'anormal. Elle finit par retrouver son logis. L'antichambre était déserte. Elle s'allongea sur le lit et porta la main à sa nuque.

– Suis-je bête... où est le clavier ?

Elle palpa les touches, se débrancha.

Et elle se retrouva dans son studio, face à l'écran de l'OMNIA 3 sur lequel s'inscrivit la phrase rituelle :

« Vous pouvez maintenant éteindre votre ordinateur en toute sécurité. »

8

Le lendemain samedi, dans la matinée, Logicielle arriva à NCF et prit Perrault à part pour l'avertir de la bonne nouvelle : elle avait retrouvé son avatar !

– Nous le savons. Nous nous sommes branchés hier après-midi et avons constaté que Laure était... revenue à sa place. Que s'est-il passé ?

Elle lui relata son entrevue avec Cyrano et lui demanda si les confidences de l'écrivain l'éclairaient.

– Elles confirment mes soupçons. Le Saint-Office a beau être moins sanguinaire que la vieille Inquisition, il est retors et dangereux. Et en délicatesse avec les jésuites qui représentent la force dominante de l'Église. Les jésuites qui, en 1654, s'opposent au mouvement janséniste... Quant à Mazarin, il a fort à faire, aussi bien avec ces extrémismes religieux qu'avec le scientisme ambiant.

Logicielle en était restée à l'opposition entre catholiques et protestants. À y regarder de près, cela semblait plus complexe !

– Et d'Assoucy ? Quel motif le pousserait à tuer Cyrano ?

– C'est simple, la jalousie. Il est à peu près sûr que Cyrano et lui furent amants. Mais ils se sont brouillés. Peut-être pour une histoire de femme. Car mon ancêtre appréciait aussi les dames. Sinon, je ne serais pas là !

Ils rejoignirent Tony et Kosto qui, très préoccupés, discutaient en regardant un ordinateur à cinq ou six mètres de distance, seul moyen de ne pas plonger dans le Troisième Monde.

– Ils cherchent à localiser les pirates, soupira Perrault. Une obsession.

– Et celui-ci ? disait Kosto en désignant l'écran. Son comportement semble anormal. Ce ne serait pas un intrus, Tony ?

Logicielle s'approcha.

– Monsieur Kostovitch ? Veillez à ne pas confondre d'éventuels intrus avec vos pirates ! Aujourd'hui, n'importe quel possesseur d'OMNIA 3 peut se brancher sur le Troisième Monde. Après tout, je me demande si vos voleurs se risquent à l'intérieur de votre programme.

Le PDG approuva, découragé.

– Exact. Et d'ailleurs, comment distinguer des intrus de nos figurants ?

– Là, c'est facile ! affirma-t-elle. Des intrus se trahiront forcément par des manières et un langage contemporains ! Peut-être même parlent-ils l'anglais puisque le site est passé par Sydney et Philadelphie ? On devrait vite les repérer.

– Vite, vous croyez ? grommela Kosto. Autant chercher une aiguille dans une botte de foin.

– La population du Troisième Monde est limitée, non ?

– En effet, confirma Tony. Il n'y circule que trois mille norns.

Logicielle crut avoir mal entendu.

– Tant que ça ? Vous m'aviez assuré que les norns étaient des personnes célèbres sur lesquelles vous possédiez de nombreux documents ?

– Exactement, confirma Perrault. Ils sont trois mille.

Elle resta bouche bée. Si elle avait dû, dix jours plus tôt, citer le nom de personnes célèbres vivant en 1654, elle n'aurait pas pu en aligner cinq.

– Que croyez-vous ? fit le professeur avec agacement. On a écrit, publié, peint, composé, gouverné, au XVIIe siècle ! Nous disposons de tonnes de renseignements sur des gens comme Chapelle, d'Aubignac, Poussin, les frères Le Nain, Couperin, Méré, Ménage, Saint-Amant, de La Mothe Le Vayer…

– Stop ! cria-t-elle. Mais alors… combien de figurants existe-t-il dans ce Paris virtuel ?

– Deux cent dix-sept mille, répondit Perrault. La population de Paris en 1654. Là, en revanche, nous avons dû imaginer l'état civil de la moitié d'entre eux environ.

Une fois encore, Logicielle douta avoir compris.

– Ce qui signifie que l'autre moitié… ?

– Cent dix mille figurants correspondent à la population de l'époque.

Elle hocha la tête, incrédule. Kostovitch expliqua :

– Nous avons contacté les mormons des États-Unis. Comme vous le savez, ils veulent sauver les âmes de l'humanité – y compris celles des gens morts depuis deux mille ans. Ils ont mis en place en 1970 un organisme informatisé qui a entrepris le recensement de la population mondiale. Voilà comment nous avons pu établir la fiche signalétique de la moitié des habitants de Paris.

Ces chiffres et ces données donnaient le tournis à Logicielle qui balbutia :

– Et l'OMNIA 3 parvient à gérer tout ce petit monde ?

– Oui, affirma Tony. Et ce petit monde fonctionnera d'autant mieux que demain, cent, mille, un million d'OMNIA 3 seront branchés en réseau ! Car la simplicité d'accès au Troisième Monde va faire des adeptes.

L'esprit de déduction de Logicielle passa à la vitesse supérieure. Toutes les mémoires neuroniques des OMNIA 3, reliées, allaient bientôt façonner un gigantesque cerveau planétaire. L'évidence s'imposa à elle.

– Si les utilisateurs sont trop nombreux, on va bientôt se bousculer dans le Paris de 1654 ! Et les nouveaux arrivants risquent de ne pas respecter les coutumes du temps. Voilà qui risque de bouleverser la donne. Qu'en pensez-vous, Tony ?

Tony ne pensait plus rien. Il clignait des yeux à toute vitesse et transpirait à grosses gouttes ; loin de l'apaiser, les questions et les suggestions de Logicielle accentuaient ses symptômes.

– Eh bien… l'avenir nous le dira ! dit-il avec un rictus à répétition. Il se peut que la mémoire neuronique des OMNIA 3 s'adapte à cette situation imprévue. Nous ne maîtrisons plus rien. Le Troisième Monde est devenu autonome. Nous n'avons plus le moyen de l'arrêter. Sauf si miss Simpson neutralise ceux qui l'ont rendu à la fois public… et indépendant.

Durant le silence qui suivit, chacun rumina ses propres réflexions. Kosto consulta sa montre, dégaina son téléphone portable, expliqua :

– Je vais commander des pizzas. Et puis vous vous brancherez, Logicielle. Là-bas, vous apprendrez peut-être du nouveau.

En ouvrant les yeux, Logicielle aperçut Mariane. Elle brodait, assise à ses côtés sur le petit lit de l'antichambre.

– Vous voilà éveillée, Laure ! s'exclama-t-elle. Est-ce que…

– Pardonnez-moi, je dois filer à mon rendez-vous !

Elle planta là Mariane, non sans se reprocher son départ brutal et son langage, peu conformes aux usages du temps.

Au-dehors il régnait une atmosphère d'émeute. En se dirigeant vers l'hôtel d'Arpajon, elle remarqua la densité inhabituelle de la foule amassée dans les rues. Sur une place, des garçons habillés d'un pourpoint rouge à fleurs de lys distribuaient des feuillets aux passants. On se les passait de main en main en les commentant.

Non loin de là, des officiers de la garde royale, les uns à cheval, les autres à pied, surveillaient la scène. La foule les haranguait. Du haut de son destrier, l'un d'eux hurla :

– Par ordre de Monseigneur et au nom du roi, dispersez-vous !

Il commanda à ses hommes d'avancer. Les groupes s'égaillèrent dans la panique. Logicielle se glissa dans une impasse et ramassa à terre un feuillet abandonné. Un tract ?

– Même si ça y ressemble, ça ne s'appelle sûrement pas comme ça…

Elle eut du mal à le déchiffrer. Les caractères d'imprimerie étaient aussi fleuris que le style.

« Le phénomène céleste qui obscurcira le ciel le 12 août n'est pas un signe divin. Nulle sorcellerie dans cet événement. Ne croyez pas ceux qui affirment qu'il s'agit du Jugement dernier. »

Le texte s'achevait sur un cachet officiel et la signature du cardinal Mazarin. Ainsi, le pouvoir royal, relayé par un ecclésiastique, essayait de lutter contre l'obscurantisme. Il avait été rédigé par un savant dont elle renonça à déchiffrer le nom exact et les titres.

– Une éclipse ? Demain ?

Une salve d'artillerie lui fit relever la tête. Elle recula jusqu'à un porche et se pencha pour observer la place. Les officiers de la garde royale avaient-ils donné l'assaut ?

– Mais non… Ce sont eux qui se font canarder !

Ils étaient devenus la cible de tireurs embusqués. Effrayés, leurs chevaux hennissaient et les désarçonnaient.

Logicielle se risqua dans la rue et aperçut l'un des assaillants : un géant vêtu d'une cape violette ! L'homme posa son arme et dégaina une rapière. Puis il se précipita vers l'un des gamins en livrée. Le malheureux courait, affolé, serrant contre lui une liasse de feuillets.

– Va en enfer ! rugit le colosse.

Il embrocha sa proie d'un coup, puis il ramassa les feuillets et les déchira avec frénésie. Logicielle fuit à toutes jambes, la tête en feu.

Elle reprit son souffle et se retourna. Personne ne la suivait.

– Le Saint-Office attaquant la garde royale...
Impensable !

Elle se souvint des affirmations de Perrault.
Aurait-il pu imaginer que des religieux fanatiques s'opposent à Mazarin ?

Elle avait rejoint une avenue assez large où
régnait un tumulte identique. Ici encore, le
tract faisait l'objet de commentaires passionnés. Quand elle arriva près de l'hôtel d'Arpajon,
elle dut fendre la foule pour parvenir à l'entrée.
Sur le seuil, debout sur un tonneau, un homme
haranguait les badauds. Elle s'approcha et
reconnut Cyrano !

– Oui ! braillait-il en brandissant le feuillet,
la Lune va passer devant le Soleil et en intercepter les rayons. Rien de miraculeux ni de
magique ! Et ceux qui vous prédisent l'Apocalypse en auront menti ! Au siècle dernier, le
21 août de 1560, le même phénomène s'est
produit ! Et savez-vous ce qu'avaient annoncé
les esprits superstitieux et faibles ?

– Oui ! lança un vieillard dans la foule. La
ruine de Rome et le déluge !

– Je vous le demande, cela est-il survenu ?
Avez-vous vu autre chose que la ruine de vos
commerces et un déluge d'impôts ?

Des exclamations joyeuses approuvèrent.
Cyrano mettait les rieurs de son côté. Perdue
dans la foule, une voix sévère lança :

– Niez-vous que ce phénomène soit de manifestation divine ?

– Ma foi, rétorqua Cyrano, Dieu n'a que faire des astres, leur course se règle sans lui ! N'est-il pas trop occupé à écouter nos petites doléances relatives à nos coryzas, rhumatismes et autres diarrhées ?

– Prenez garde ! gronda l'inconnu. Voici cinquante ans, Jacques Fontanier fut brûlé pour des propos moins impies que les vôtres !

D'autorité, Logicielle obligea Cyrano à descendre de son perchoir.

– La belle prétend m'enlever ! s'exclama-t-il en faisant mine de résister. Gardez-vous d'intervenir, car je suis consentant en vérité !

– Arrêtez de jouer les pitres et suivez-moi, par pitié… Vite !

Ils disparurent sous les quolibets. Le plan de Paris en main, Logicielle tentait de s'orienter. Cyrano lui présenta son bras :

– Vous cherchez le salon de Ninon ? Permettez que je vous y conduise.

Après quelques minutes de marche, l'écrivain lui désigna, près du Louvre dont ils longeaient les murs, un superbe hôtel particulier.

– La demeure de la marquise de Rambouillet ! annonça-t-il. Je vous recommande son salon, très bien fréquenté. Mais le plus recherché reste celui de Mlle de Scudéry, au Marais…

En d'autres occasions, Logicielle aurait adoré visiter cette ville avec Cyrano pour guide. Mais son angoisse grandissait à la perspective d'affronter les habitués du salon de Ninon de Lenclos. Heureusement, elle était accompagnée!

Enfin, ils parvinrent devant un immeuble imposant. Un laquais en livrée jaune et rouge leur ouvrit et leur demanda qui il devait annoncer.

– Laure de Gicièle, nièce de François, duc de La Rochefoucauld. Mme Ninon de Lenclos m'attend.

– Et monsieur?

– Savinien de Cyrano de Bergerac, répondit Logicielle. Il m'accompagne.

– Veuillez patienter un instant.

Logicielle percevait le brouhaha lointain d'une conversation. Le laquais emprunta un escalier, disparut. Revint pour prier les nouveaux venus de le suivre. Parvenus sur le palier, ils s'engagèrent dans un vestibule et parvinrent... dans une chambre! Des invités se tenaient assis près d'un lit à baldaquin. La jeune femme qui y était étendue se redressa.

– Laure, quelle joie de vous connaître enfin! Souffrez que je vous embrasse.

Le baiser fut d'autant moins douloureux que Ninon lui fit une simple accolade.

– Et vous, cher Savinien, ajouta-t-elle en lui tendant la main, vous vous étiez fait rare, ces derniers temps... Mais approchez, ne restez pas dans la ruelle et prenez place à mes côtés!

Logicielle aperçut, dans le couloir opposé – appelé la ruelle – une dizaine de convives serrés sur des chaises. En les invitant à entrer dans sa chambre, Ninon leur accordait donc un traitement de faveur! Les hôtes dévisageaient Logicielle, devenue le point de mire.

– Savez-vous que Laure arrive des Amériques? annonça Ninon. Voulez-vous nous parler de ce pays, ma chère? Les sauvages y vivent nus, à ce que l'on dit?

– Madame, répliqua Logicielle en esquissant une révérence, souffrez que je me taise d'abord et que j'écoute. Car j'arrive ignorante des usages et des derniers événements.

– L'événement du jour? Mais c'est... l'éclipse de demain!

La réponse de Ninon fut une sorte de signal: les conversations à mi-voix reprirent de plus belle. Logicielle, qui n'oubliait pas le véritable motif de sa visite, en profita pour chuchoter à son guide:

– Savinien... parlez-moi de tous ces invités.

– Le jeune vieillard qui se cache pour tousser et cracher est le poète François Tristan l'Hermite. Sa tragédie *Mariamne* fut un triomphe.

Logicielle élimina des suspects cet écrivain en fin de course.

– Ce vieil ogre lubrique et ventru, là-bas, se fait appeler Saint-Amant.

– Et le père et son fils, assis côte à côte ?

– Ce sont les frères Corneille, voyons ! L'aîné, Pierre, est l'auteur du *Cid* et de *L'Illusion comique* ! Il est de l'Académie ! Thomas, son inséparable cadet, vit avec lui à Rouen... Leurs voisins sont Mairet et Charles Sorel.

Soudain, Cyrano pâlit. Il venait d'apercevoir, dans la ruelle en face de lui, un gentilhomme qui détournait les yeux.

– Tudieu ! D'Assoucy ! J'aurais dû me douter qu'il serait là...

– Votre visite est opportune, cher Savinien ! dit Ninon en brandissant l'un des tracts. Quelle est votre opinion sur ce phénomène céleste ?

Aussitôt, l'interpellé reprit contenance.

– Madame, il n'est pas besoin d'avoir une opinion ! Redouter une éclipse ou y déceler un signe divin est aussi absurde que croire au moine bourru. Faut-il voir de la sorcellerie quand le froid transforme l'eau en glace ? Les phénomènes de la nature ne nous surprennent qu'en raison de leur rareté ou de leur aspect formidable !

Dans l'assemblée, un homme malingre encore jeune, au sourire pétillant, au visage intelligent, semblait boire les paroles de Cyrano.

– Songez-vous à publier ces voyages dans les états et empires de la Lune dont vous nous avez récemment divertis ? demanda Ninon.

– Aucun libraire ne prendrait ce risque, madame ! Y compris à Rouen.

Les deux Corneille détournèrent la tête.

– Croyez-vous la Lune habitée ? risqua le jeune homme malingre.

– Monsieur, répliqua Cyrano en esquissant une révérence, je crois l'univers infini, constitué d'atomes simples animés d'un mouvement perpétuel et qui, diversement assemblés, composent la matière dont toutes choses sont faites. Je crois que notre monde est né grâce à la multiplicité des combinaisons entre ces atomes, grâce au hasard et à l'infinité du temps. En conséquence, pourquoi n'existerait-il pas ailleurs d'autres mondes, d'autres intelligences, d'autres tyrans, d'autres lois ?

– Et d'autres dieux ? acheva le jeune inconnu.

– Oh, je n'ai besoin d'aucun dieu pour expliquer les mondes ! La raison seule est ma reine.

– Vos opinions sont bien hardies ! répondit le jeune homme en souriant. Je reconnais bien là l'auteur de *La Mort d'Agrippine* qui fait dire à Séjanus : « Ces dieux que l'homme a faits et qui n'ont point fait l'homme. »

– Un vers impie qui vous causa beaucoup d'ennuis ! soupira Ninon.

– Savez-vous que de tels propos vous vaudront les feux éternels ? questionna le jeune contradicteur.

– Nullement ! répliqua Cyrano. Car si j'en crois les jansénistes, je ne suis pas maître de mon destin. Comment Dieu pourrait-il me punir puisqu'il aurait scellé mon sort avant ma naissance ? Et en admettant qu'il n'existe pas, l'éternité dont vous parlez se résumera à mes brèves années de vie. Une bonne raison pour en jouir !

– Ce pari est intéressant, admit le jeune homme pensif. Il faudra que je songe aux moyens de le relever.

– À qui ai-je l'honneur ? demanda Cyrano.

– Je me nomme Pascal. Je suis venu à Paris pour assister à la reprise d'une pièce de Pierre Corneille, *Nicomède*.

– Blaise est un ami. Et un esprit curieux de tout ! déclara l'auteur du *Cid* avec un certain embarras.

Blaise Pascal ! Logicielle était stupéfaite de le voir ici. Ses souvenirs scolaires évoquaient plutôt un auteur provincial très croyant qui avait inventé la brouette, la machine à calculer. Et beaucoup pensé. Lui, le futur assassin de Cyrano ? Non, c'était inconcevable.

Face à eux, d'Assoucy roulait des yeux furibonds. Car Cyrano lui volait la vedette ! Il la volait d'ailleurs à tous... jusqu'à ce que deux valets jaillissent dans la pièce :

– Madame... des hommes en armes demandent à vous parler ! Ils affirment que vous abritez des espions qui conspirent contre la foi et...

– Des espions ? s'exclama Ninon mi-surprise mi-amusée. Ces gens vous ont-ils montré leurs lettres de cachet ?

Le laquais ne put répondre. Du rez-de-chaussée montèrent des éclats de voix, des ordres, un cri d'effroi. Il y eut le fracas d'une porte forcée, et le martèlement sourd de bottes dans l'escalier.

– Cléante ! Alain ! Lucas ! Empêchez ces messieurs d'entrer, ordonna Ninon.

Inquiets, les invités se levèrent. Les frères Corneille, très pâles, paraissaient les plus affectés. Logicielle alla vers la fenêtre. Elle aperçut dans la rue une vingtaine d'individus vêtus de capes violettes.

– Le Saint-Office ! s'exclama-t-elle.

– Nous n'avons rien à en redouter, répliqua Ninon sans bouger de son lit. Vous êtes tous mes hôtes.

La violence avec laquelle un valet fut jeté au milieu de la pièce provoqua un mouvement de recul. Un homme en violet jaillit dans la ruelle. Du pommeau de son épée, il frappa un autre domestique au visage et bondit dans la chambre. D'Assoucy dégaina sa rapière et hurla aux invités :

– Fuyez ! Je vous couvre. Je vous en conjure, fuyez !

Il obligea son adversaire à reculer dans l'étroit couloir et finit par le faire tomber. Son corps dégringola de marche en marche.

– Venez ! dit Ninon en se levant. Lucas ? Fais quitter la maison à nos invités par l'annexe… Oui, l'entrée des cuisines ! Allez, dépêche-toi !

Le valet traversa la chambre. Tout le monde se précipita à sa suite. Cyrano dut aider Tristan l'Hermite à se lever et ordonna :

– À vous, Laure !

Elle faillit obéir, mais se ravisa. De nouveaux agents du Saint-Office venaient d'apparaître sur le palier. D'Assoucy en défendait l'accès comme un forcené.

– Tiens bon, Charles ! lui cria Cyrano, je viens te seconder !

– Pas question, dit Logicielle en le retenant. Je dois vous protéger !

On la tira en arrière. D'autres mains saisirent Cyrano pour l'éloigner du combat.

– Laissez-moi ! Ah, ventre, voulez-vous bien me lâcher ! s'exclama-t-il en se débattant.

Resté seul face à ses adversaires, d'Assoucy faisait un vrai carnage. Mais quand une épée lui traversa le corps, il hurla. Cyrano répondit par un autre cri en écho :

– Charles !

– Ah, Savinien… fuis !

Enfin, d'Assoucy s'écroula.

– C'est à vous qu'ils en ont ! affirma Ninon à Cyrano. Par pitié, partez !

À peine Logicielle et lui étaient-ils sortis de la

chambre qu'un valet ferma la porte et tira le loquet.

– Vite ! recommanda-t-il. Le verrou ne résistera pas longtemps.

En dévisageant ce laquais dont la livrée était aux couleurs d'une autre maison, Logicielle sursauta : c'était François-Paul Kostovitch !

Ils suivirent tous trois en grande débandade les invités qui les précédaient. Déjà, derrière eux, des coups violents ébranlaient la porte.

Ils descendirent quatre à quatre un escalier étroit et parvinrent aux cuisines. Le laquais de Ninon écartait les marmitons en criant :

– Place ! Place ! Par ici, sortez !

Tous les hôtes évacuèrent l'hôtel particulier par un porche étroit qui donnait dans une impasse sombre. Là, un homme en noir, coiffé d'un grand chapeau pointu de médecin, semblait monter la garde.

– La voie est libre ! leur lança-t-il.

Les écrivains et les poètes ne se le firent pas dire deux fois : ils déguerpirent, rejoignirent la rue proche où ils se mêlèrent à la foule. Seul Cyrano était resté avec Logicielle qu'il serrait contre lui. Elle se dégagea doucement.

– Vous pouvez me laisser, affirma-t-elle en désignant le médecin et le laquais qui l'encadraient. Ce sont des amis. Ils vont me raccompagner.

Il hésita, se courba pour lui baiser la main, s'éloigna à regret. Avant de disparaître, il se retourna pour lui lancer :

— Le dix-neuf de ce mois, on donne *Nicomède* au théâtre de l'hôtel de Bourgogne! Viendrez-vous? J'y serai.

— À présent, grommela le médecin, nous devons rejoindre ce qui nous tient lieu de domicile et... revenir à la réalité. Le plus tôt possible.

Logicielle approuva. Mais avant de le quitter, elle ne put s'empêcher de sourire et de lui déclarer :

— Savez-vous que ce costume vous va à ravir, monsieur Perrault?

9

Quelques minutes plus tard, Logicielle retrouvait le troisième étage de l'immeuble NCF. Une migraine atroce lui martelait les tempes.

– Ça va ? lui demanda Kostovitch en lui proposant un verre de soda.

– Quelle histoire ! Il faut que vous m'expliquiez... Cette éclipse, monsieur Perrault ?

L'universitaire leva la tête des livres dans lesquels il venait de se plonger.

– Elle a réellement eu lieu. Le pire, c'est que je ne m'en souvenais pas ! J'ai gavé l'ordinateur de tant de données...

– Mais les tracts ? Cette insurrection ?

– Conformes à la réalité. Mazarin a bien fait circuler des tracts signés par un savant de l'époque. En revanche, aucune chronique ne fait mention de ces interventions du Saint-Office. Cela m'inquiète.

– Et si la présence imprévue de Cyrano chez Ninon avait entraîné ces bouleversements ? suggéra-t-elle.

– Possible. Après tout, il ne fréquentait plus son salon depuis deux ans. C'est vous qui l'y avez réintroduit !

– Tout cela serait donc arrivé par ma faute ?

– Non, affirma Perrault après un temps de réflexion. Bien sûr, Cyrano n'a pu s'empêcher de tenir un discours provocateur...

Logicielle, en son for intérieur, se reprocha d'avoir révélé à Cyrano qu'elle était là pour veiller sur lui. Rassuré par sa connaissance du futur, l'écrivain avait pris des risques et quitté son masque d'honorabilité !

– Que le Saint-Office persécute les libertins, passe encore, poursuivit l'universitaire. Mais qu'il attaque la garde royale de front ! C'est fou...

– Et vous ? demanda-t-elle en se tournant vers le PDG. Comment avez-vous fait pour me rejoindre et couvrir la fuite des invités ?

– Votre absence se prolongeant, expliqua Kosto, j'ai décidé de me connecter. J'ai constaté comme vous une effervescence anormale. Je suis revenu pour prévenir Jean.

– Je me suis branché à mon tour, enchaîna Perrault. J'ai rôdé aux abords de l'hôtel de Ninon de Lenclos. Alerté par l'arrivée des agents du Saint-Office, j'ai pressenti le pire.

Nous avons alors décidé de vous venir en aide en pénétrant dans l'hôtel par les cuisines. Nous ne voulions pas qu'il vous arrive quelque chose.

Logicielle en profita pour lever un doute qui la taraudait.

– Justement, que me serait-il arrivé si l'on m'avait blessée ou tuée ?

– Je l'ignore, avoua Perrault en grimaçant. Mais je préfère éviter ce genre d'expérience. Les figurants et les norns, vous l'avez vu, saignent, souffrent et meurent. Les avatars doivent subir les mêmes inconvénients.

– Vous voulez dire que je pourrais être blessée ?

– Vous en auriez la sensation. Vous éprouveriez de la douleur. Vous pourriez même mourir... Mais j'imagine qu'en revenant à la réalité vous seriez indemne ! Seulement il serait impossible de vous rebrancher. Sauf, cela va de soi, en utilisant un nouvel avatar. Imaginez la tête des êtres virtuels du Troisième Monde si, après votre mort, ils vous voyaient réapparaître !

– Qu'est devenu d'Assoucy ? s'inquiéta-t-elle. Est-il gravement blessé ?

– Il a dû s'en sortir, affirma-t-il en compulsant un dictionnaire. Oui, il ne meurt qu'en 1677. En principe.

– En principe ? Que dois-je comprendre ?

– Que la réalité historique a commencé à déraper! fit Perrault avec irritation. Ces incidents stupéfiants ne font pas partie de l'Histoire. Nous devons désormais surveiller de très près la suite des événements. Il y a... quelque chose de pourri dans le Troisième Monde.

Il soupira et conclut à voix basse :

– Désormais, je ne suis plus sûr de rien. Même pas des éclipses.

Rentrée chez elle, Logicielle s'écroula sur son lit et, brisée de fatigue, s'endormit aussitôt. Elle fut réveillée le dimanche tard dans la matinée par un appel de Perrault.

– Logicielle? Je suis retourné hier soir chez Ninon de Lenclos. Mon avatar médecin m'a été utile pour prendre des nouvelles de d'Assoucy. Eh bien il est mort.

– Mort?

– Oui. J'ai même pu examiner ses blessures. Son corps a été criblé de coups d'épée par les agents du Saint-Office. Ninon de Lenclos semble sous surveillance. Je me demande ce qu'attend Mazarin pour réagir. Car il règne à Paris une atmosphère d'insurrection. Le poète Lignières est mort. Assassiné lui aussi. Les agents du Saint-Office semblent fourrer leur nez partout.

– Et Cyrano?

– Il n'est ni à l'hôtel d'Arpajon ni à son ancien domicile. Kosto, Tony et moi le recherchons. Dès que nous l'aurons retrouvé, nous vous avertirons.

En raccrochant, Logicielle se dit que le Saint-Office occupait une place de plus en plus prépondérante... Et si les pirates du Troisième Monde se cachaient derrière lui ? Soucieuse de comprendre et maîtriser la situation historique, elle se plongea dans la lecture de manuels traitant du milieu du XVIIe siècle.

Elle passa la journée ainsi, à lire tout en grignotant. Elle se résolut à se coucher vers minuit. Le téléphone n'avait pas sonné de la journée.

Le lundi matin, elle avala un café et fila à Saint-Denis. Elle fut accueillie à bras ouverts par ses collègues : les plaintes et les dossiers s'accumulaient.

– Max, tu pourrais me seconder ? En principe, je devrais m'occuper du Troisième Monde. Mais il n'y a pas d'OMNIA 3 au commissariat.

– En somme, traduisit-il, tu me demandes d'assurer ton boulot ici pendant que tu vas jouer ailleurs ?

– Ce n'est pas un jeu !

– Mais si, c'est un jeu. Et un jeu d'ailleurs inutile ! Puisque le Troisième Monde offre un décalage de trois siècles et demi, il suffit d'attendre l'an 2350 pour retrouver un monde identique au nôtre, non ?

– Non, justement pas ! dit Logicielle.

– Ah bon ? Et pourquoi donc ?

– À cause de l'effet papillon.

– L'effet papillon ? Qu'est-ce que c'est ?

– De la météo. Malgré les calculs des plus puissants ordinateurs, les scientifiques s'avouent incapables de prévoir le temps qu'il fera au-delà d'une semaine. Parce que, affirment-ils, ils ne pourront jamais savoir qu'un papillon bat des ailes aux antipodes. Or cette infime action peut, dix jours plus tard, être à l'origine d'un cyclone. Eh bien vois-tu, Max, le fait que des gens extérieurs à l'Histoire – moi, par exemple, mais d'autres a fortiori – interviennent dans le Troisième Monde suffit à entraîner d'énormes modifications dans le scénario initial.

– Et alors ? C'est si dramatique ?

Au fond, Max avait raison ! Que des intrus venus du réel modifient l'avenir d'un monde virtuel n'allait pas empêcher la terre de tourner ! Pourtant, au-delà du préjudice subi par NCF, de tels dérapages historiques la dérangeaient. Elle se demandait bien pourquoi.

– En revanche, reprit Max, si miss Simpson ne parvient pas à identifier les pirates, tu peux essayer de les coincer dans ton Troisième Monde. Surtout s'ils utilisent les agents du Saint-Office comme pions. Ce que tu sembles supposer, non ? Tu vois bien que cela reste un jeu !

– Tu permets ?

Le téléphone sonnait, elle décrocha. C'était Germain, de Bergerac.

– Nous avons retrouvé notre couple d'ingénieurs. Carbonisés dans leur voiture au beau milieu de la forêt des Landes.

– Un accident ?

– Peu probable. Le véhicule était loin de la route.

– Suicide ?

– Difficile à croire. Les perquisitions à leur domicile n'ont rien donné. Mais l'absence de tout document – carnet d'adresses, etc. – nous laisse supposer que les auteurs de l'attentat nucléaire ont été éliminés par leurs commanditaires. Ils voulaient éviter que la police remonte la filière.

Quand Logicielle raccrocha, Max avait quitté son bureau. Elle ne le revit plus de la journée.

Le lendemain, un collègue lui annonça :

– Au fait, Max a appelé. Il est malade.

La veille du quinze août ! Au moment où elle manquait de personnel ! Elle appela chez lui. Personne. Faire ainsi faux bond n'était pas son genre. Où s'était-il terré ?

Le soir, en rentrant chez elle, Logicielle découvrit, glissé sous sa porte, un petit mot de son adjoint. Il était passé chez elle !

« C'est vrai, quand tu es loin de moi, je suis malade. Depuis le début du mois, tu vis dans un autre monde. Je pars donc quelque temps. Avec l'espoir qu'un jour, nous finirons par nous retrouver. »

Logicielle passa un quinze août solitaire et maussade.

Le lendemain, elle appela du commissariat Perrault qui semblait très affecté. Il lui déconseilla vivement de se brancher seule.

– Sans surveillance, votre sécurité ne serait plus assurée, lui expliqua-t-il. La situation devient très difficile à gérer. Cyrano reste introuvable. Notre seul espoir de reprendre contact avec lui est que vous alliez au rendez-vous qu'il vous a fixé au théâtre de l'hôtel de Bourgogne. Le dix-neuf. C'est dimanche. Nous vous attendrons à NCF. Nous comptons sur vous. Vous viendrez ?

La question ne se posait pas.

Les deux jours suivants, Logicielle rongea son frein au commissariat. Elle dilua son impatience en expédiant les affaires courantes. Enfin, le dimanche 19 au matin, Kosto l'appela pour lui proposer de déjeuner avec le groupe avant qu'ils ne rejoignent la Défense.

Bien que la femme de Kosto soit là, ce fut un vrai repas de travail, tendu. On bombarda Logicielle de consignes et de recommandations.

– L'objectif, disait Perrault, est de ne plus perdre Cyrano de vue. De connaître sa nouvelle cachette. Et son emploi du temps. Ainsi nous pourrons le surveiller, lui et tous ceux qui l'approchent.

– Et puis, ajouta Tony en perfectionnant un tic inédit, repérez si possible deux ou trois intrus. Tâchez d'entrer en contact avec eux.

– Des intrus… les personnages les plus suspects me semblent être les agents du Saint-Office…

– Hélas, ceux-là se méfieront. Vous ne pourrez les aborder. Non. Je veux parler d'internautes occasionnels. Si vous pouviez découvrir à quel endroit du Troisième Monde ils surgissent, cela nous serait utile.

Logicielle se tourna vers le PDG qui arborait une chemisette à carreaux jaunes et verts, plus discrète que d'habitude.

– Au fait, comment se porte NCF, monsieur Kostovitch ?

L'interpellé hésita avant de répondre, embarrassé :

– Moins mal que je ne le craignais.

– Moins mal ? s'exclama son épouse qui jusque-là n'était pas intervenue. Tu veux dire mieux que jamais !

Comme à l'accoutumée, la femme du PDG triturait distraitement le médaillon qu'elle portait au cou. Un médaillon représentant un motif qui intriguait fort Logicielle.

– Nos actions montent en flèche ! révéla-t-elle. NCF ne s'est jamais si bien porté !

– Mais, ma chérie… comment le sais-tu ?

– Je consulte les cours de la Bourse. En vérifiant les comptes de la société, j'ai même constaté que tu avais réinvesti.

– Catherine ! reprocha son mari, scandalisé.

– Pourquoi, c'était un secret ? fit-elle avec une candeur désarmante.

– Est-ce exact ? demanda Logicielle.

– Oui, avoua le PDG. L'accessibilité du Troisième Monde sur Internet a eu un effet indirect. Et inespéré. Les ventes d'OMNIA 3 ont presque doublé cette semaine.

Évidemment ! Dans le milieu informatique, la nouvelle s'était répandue : on pouvait désormais s'immerger dans le Troisième Monde... à condition d'utiliser un OMNIA 3 ! Une seconde, Logicielle soupçonna Kosto d'avoir lui-même mis son programme en ligne pour réaliser cette opération juteuse. Mais risquée. Elle demanda :

– Comment évolue l'enquête de miss Simpson ?

– Elle piétine, avoua Kostovitch. Les pirates modifient sans cesse leur lieu d'émission. Notre seule chance est de les localiser de l'intérieur.

En se retrouvant deux heures plus tard dans la peau de son avatar, Logicielle se sentit gagnée par une énergie nouvelle. Oui, maintenant qu'elle était sur place, il lui fallait découvrir un fil. Et le tirer jusqu'au bout. Elle dut d'abord affronter Mariane.

118

– Laure ! Il faut que vous m'expliquiez ces évanouissements interminables...

– Pardonnez-moi Mariane, mais je n'ai pas le temps. Je dois assister à une représentation au théâtre de l'hôtel de Bourgogne.

Son amie la dévisagea avec une expression étrange où se mêlaient la compassion et la méfiance. Logicielle ne lui laissa pas le temps de réagir. En sortant, elle faillit se heurter à Lélie.

– Ah, vous voilà. Je vous accompagne ! dit l'avatar de Tony. Et je resterai près de vous au théâtre. Vous allez voir, il y a du nouveau...

En effet, elle aperçut au milieu de la rue un brancard tiré par deux chevaux sur lequel s'entassaient des corps inertes. Non loin, des laquais ramassaient des cadavres qui jonchaient le sol. Impressionnée, elle recula.

– La peste ?

– Non. Simplement des intrus qui ont abandonné leur avatar.

Sur leur chemin, ils croisèrent de nombreuses voitures au chargement aussi macabre. Plusieurs fois, Logicielle buta contre un corps affalé à terre.

– Qu'en fait-on ? demanda-t-elle à Tony.

– On les brûle. Par précaution je suppose. Et parce que personne ne réclame ces faux cadavres... Attention !

Au détour d'une rue venaient d'apparaître une dizaine de gardiens du Saint-Office, à cheval.

Avec leur visage farouche, leur rapière dégainée et leur cape déployée, on eût dit des rapaces. Cette fois, ils affichaient leur sigle sur la poitrine : un S entouré du O brodé à l'or fin, en lettres géantes. À leur vue, les passants s'écartaient en baissant la tête, esquissant un rapide signe de croix. L'un des gardiens désigna les dépouilles à terre et déclara d'une voix de stentor :

– Craignez la colère du ciel !

– Depuis l'éclipse, chuchota Tony, c'est leur leitmotiv. Comme si ce phénomène astronomique était à l'origine de ces pseudo-décès !

Bientôt, ils arrivèrent au théâtre. Plusieurs centaines de personnes entouraient le bâtiment. Tony écarta poliment les groupes pour qu'ils puissent atteindre l'entrée. Cela n'empêcha pas un gentilhomme d'agripper le bras de Logicielle.

– Dis donc, ma mignonne, tu es seule ? Tu viens boire un verre ?

Stupéfaite, elle examina l'individu ; il portait un costume d'époque avec des aiguillettes et des rubans. Mais ses manières et son langage l'alertèrent.

– Lélie ? hurla-t-elle. Je crois que c'est... un intrus.

Tony fit volte-face, saisit l'individu au collet et lui souffla :

– Toi, tu as intérêt à me dire qui tu es et d'où tu viens !

L'autre changea d'expression. Une seconde

plus tard, il fermait à demi les yeux et s'écroulait à terre, comme une loque.

– Il s'est débranché. Inutile de nous attarder.

Alentour, la foule s'écarta sans s'émouvoir. Logicielle comprit que les figurants et les norns avaient fini par accepter ces mystérieux visiteurs, leurs évanouissements et leur mort inexplicables.

– Cyrano !

Elle venait de l'apercevoir, accoudé à une colonne, en vive discussion avec Le Bret. Elle se fraya un chemin jusqu'à eux tandis que Tony restait discrètement à l'écart.

– Laure... ah, quel bonheur ! Je ne vous espérais plus.

Il lui saisit la main avec fougue. À ses côtés, Le Bret exécuta une légère courbette. Mécontent, Cyrano lui lança, les dents serrées :

– Et toi, misérable, nous reparlerons de ta trahison !

Tout à coup, le visage de Cyrano s'éclaira. Entraînant Logicielle à sa suite, il se planta devant un bel homme d'une trentaine d'années qui portait, comme lui, une fine moustache et une longue perruque bouclée.

– Jean-Baptiste... toi, ici ! Je te croyais à Pézenas ou à Lyon ?

– Tudieu... Savinien !

Ils se donnèrent l'accolade. Reprenant la main de sa voisine dans la sienne, Cyrano déclara :

– Madame, je vous présente mon ami Jean-Baptiste Poquelin, acteur et chef de troupe. Nous avons fait nos classes au collège de Clermont, à Paris.

– Mais tu avais deux ans d'avance sur moi. Et toi, tu as réussi !

Jean-Baptiste Poquelin... Logicielle n'en croyait pas ses yeux. C'était donc là Molière ! Il lui parut très séduisant.

– Réussi ? répondit Cyrano dans une grimace. Ma *Mort d'Agrippine*, à peine représentée, a été interdite. Quant à mon vieux *Pédant joué*... eh bien justement il n'a jamais été joué, tu le sais !

– D'autant mieux que je l'ai lu et fort apprécié. Ah, Savinien, ta scène de la galère... « Mais que diable allait-il faire dans cette galère ? »

Complices, les deux amis s'esclaffaient. Molière mimait, jouait la scène. Les larmes aux yeux, il demanda enfin :

– Et Gassendi, notre grand philosophe, notre maître à tous ?

– Il est devenu évêque, à Digne. Mais toi, dis-moi, que fais-tu à Paris ?

– Je suis venu voir mon père, régler quelques dettes. Et j'en profite pour assister à la représentation de *Nicomède*. Mon grand-père m'emmenait si souvent ici... Ah, jouer à l'hôtel de Bourgogne, quel rêve !

– Un jour, qui sait ? Dis-moi, t'es-tu trouvé un protecteur ?

– Oui, le prince de Conti. Sa maîtresse, Mme de Calvimont, a vu et apprécié mon *Étourdi* l'an dernier, à Lyon.

– Où vas-tu loger ?

– Comme à l'habitude, Savinien, chez d'Assoucy, tu sais qu'il est resté mon ami.

– D'Assoucy est mort, Jean-Baptiste. Assassiné par le Saint-Office !

Molière écarquilla les yeux, horrifié. Puis son regard s'embua.

– Le pauvre homme ! C'était un si joyeux compagnon... Ah, la peste soit de ces fanatiques dévots !

– Venez, entrons ! coupa Cyrano en saisissant la taille de ses amis.

Ils rejoignirent Le Bret qui achetait les billets. Affolée, Logicielle avoua qu'elle n'avait pas d'argent. Cyrano s'esclaffa :

– Vous êtes notre invitée, madame !

– Pingre ! lui lança Molière, tu nous offres des places à dix sous, au parterre !

Dans ce rez-de-chaussée où s'entassaient les spectateurs, debout, régnait une douce pénombre. Loin devant, sur la scène, des acteurs en costume déclamaient avec emphase. Leur voix portait d'autant moins que la foule du parterre ne cessait de murmurer.

– Le spectacle a commencé ? s'étonna Logicielle.

– Bien sûr ! lui murmura Le Bret. Rassurez-vous, rien d'important ne se passe pendant les premières scènes.

– Et puis, ajouta Cyrano, chacun ici connaît la pièce par cœur ! Eh, Montfleury, hurla-t-il à l'acteur qui pérorait sur scène. Un peu plus de naturel, que diable, et un peu moins de salive ! Tu traînes tant que les chandelles s'éteindront avant la fin de l'acte !

Personne ne parut gêné par cette interruption, ponctuée de rires.

– Ah, soupira Cyrano, pourquoi les acteurs relatent-ils leurs exploits au lieu de les montrer sur scène ? Que de discours inutiles !

– Je te trouve sévère, rétorqua Molière qui semblait très attentif. Cette pièce me semble digne d'intérêt. Un jour, ma troupe...

Logicielle n'écoutait plus. Dix mètres devant elle, un spectateur en pourpoint bleu clair la dévisageait. Elle crut reconnaître...

– Max ?

Non, c'était impossible ! Le jeune homme se détourna.

– Il faut que j'en aie le cœur net !

Elle se fraya un chemin discret parmi les spectateurs. Le jeune homme s'en aperçut – et se mit en marche. Il gagnait à petits pas le bord du parterre quand des exclamations scandalisées fusèrent.

Une dizaine d'hommes vêtus de capes violettes avaient jailli côté cour et côté jardin. Ils envahirent la scène, écartèrent sans ménagement Montfleury et l'actrice qui lui donnait la réplique. L'un d'eux s'avança jusqu'aux feux de la rampe, imposa le silence et déclara :

– En accord avec Mazarin, le Saint-Office a décidé de proscrire les représentations théâtrales. À dater de ce jour, l'édit royal de 1641 n'a plus cours. Les comédiens sont excommuniés. Ils sont voués à l'exécration comme suppôts du Diable !

Un mouvement de protestation jaillit du parterre, se propagea des balcons jusqu'au poulailler. Un spectateur osa lancer :

– Ne restera-t-il plus que le confessionnal pour salon et les églises pour théâtre ?

Le gardien du Saint-Office dégaina son épée, ce qui fit taire les derniers bavards. Logicielle eut l'impression qu'une autre pièce était en train de se jouer sur scène. D'une voix menaçante, l'homme déclara :

– Quant aux spectateurs complices de l'immoralité de ces spectacles, ils ne bénéficient plus de notre indulgence. Que ceux qui ne quittent pas la salle sur l'heure redoutent notre châtiment. Craignez la colère du ciel !

Les autres gardiens du Saint-Office dégainèrent à leur tour leurs épées et, lentement, descendirent les marches qui menaient au
parterre.

– Laure ! hurla Cyrano.

10

Logicielle fut bousculée, emportée par le flot de la foule qui gagnait la sortie, en proie à la panique. Elle aperçut soudain à dix pas le spectateur au pourpoint bleu ciel ; il lui adressa un signe avant de disparaître par une porte latérale, non loin de la scène. Logicielle joua des coudes pour le rejoindre.

Après s'y être engouffrée, elle déboucha dans les coulisses. Une nouvelle fois, l'homme l'invita d'un geste à le suivre. Elle n'hésita qu'une seconde. Le couloir dans lequel elle s'engagea était totalement obscur. Un instant, elle redouta un piège. Ses yeux s'habituèrent à la pénombre. Elle longea de hauts décors entassés, se faufila entre des cordes suspendues. Quelques secondes plus tard, elle entrait dans un hall immense, faiblement éclairé par une étroite fenêtre. Elle réprima un cri de stupéfaction : elle se trouvait dans une réserve de costumes !

Il y en avait partout et de toutes sortes : robes, guêtres, pourpoints, chausses – les uns rangés ou entassés, la plupart suspendus. On eût dit des fantômes, car un faible courant d'air leur donnait un semblant de vie.

Le gentilhomme avait disparu dans ce bric-à-brac invraisemblable ! Logicielle s'apprêtait à lancer le nom de Max quand elle refoula un cri d'effroi. Là, à trois mètres d'elle, un costume de marquis venait de se redresser. Elle vit une main gantée raffermir un chapeau à plumes. Un visage blafard la frôla. Le spectre paraissait aussi stupéfait qu'elle. Il erra dans le local, cherchant une issue. Soudain, une porte s'ouvrit et la lumière inonda la pièce.

Logicielle se souvint du récit de miss Simpson. Et elle comprit : là naissaient les avatars de ceux qui se branchaient. Dans la réserve de costumes du théâtre de l'hôtel de Bourgogne ! C'est le moyen qu'avait trouvé le logiciel pour intégrer les nouveaux venus.

Incrédule, elle murmura à voix basse :

– Que se passera-t-il si nous bloquons cette issue ? Et quand tous les costumes auront été utilisés ?

Sans doute la mémoire neuronique des OMNIA 3 trouverait-elle une autre solution. Réprimant un frisson, Logicielle rejoignit la sortie et se jeta dans la rue comme on s'éveille d'un cauchemar. Ici, la foule était dense et l'agitation intense. Elle n'avait pas fait dix pas qu'une main lui saisit l'épaule. Elle hurla.

– Laure ? Pardonnez-moi de vous avoir effrayée ! Je vous cherchais partout. J'étais si inquiet à votre sujet !

C'était Cyrano. Il était seul. Il lui présenta son bras et l'entraîna dans une rue adjacente. Une voiture tirée par deux chevaux y passait justement, au pas. D'autorité, Cyrano saisit un des licous, mit quelques pièces dans la main du conducteur et invita Logicielle à monter.

– Enfin, je vous ai retrouvée. Vous êtes près de moi. Ah, Laure, si c'est un rêve, je veux bien ne plus m'éveiller !

Il ne croyait pas si bien dire, songea-t-elle. Doucement, elle repoussa la main qui serrait la sienne.

– Moi aussi, mentit-elle, je vous ai cherché ces derniers jours. Où étiez-vous caché ?

Cette question, trop directe, lui fit froncer les sourcils. Elle insista :

– Vous refusez de me répondre ?

– Je vous ferai confiance quand vous ne me cèlerez plus rien. Quand vous me révélerez ces mystères que je ne m'explique point !

– Ah, Cyrano, je veille sur votre sécurité. Je dois savoir !

– Soit. Je vaquais dans Paris tout le jour. Mais par prudence, le soir venu, je rejoignais ma sœur Catherine dans son couvent de Sannois.

Logicielle connaissait Sannois, une ville à dix kilomètres de Paris. En 1654, c'était sans doute un village.

– Vous dites... que vous alliez à Sannois ?

– Oui. Qu'y a-t-il de si extraordinaire ?

Logicielle ne pouvait pas révéler à Cyrano que le Troisième Monde était limité à Paris. Pour en avoir le cœur net, elle demanda :

– Hormis Sannois, avez-vous déjà quitté Paris ?

– Oh, j'ai beaucoup voyagé, Laure ! J'ai participé au siège d'Arras, en Flandre. À Mouzon, une balle de mousquet m'a traversé le corps...

Tandis qu'il énumérait les lieux de ses anciens exploits, Logicielle comprit qu'il s'agissait de souvenirs implantés par l'OMNIA 3.

Mais Sannois ? ... Elle se pencha par la portière.

Le coche franchissait précisément les limites de Paris, s'engageait sur la route du faubourg du Temple. Il faisait beau. Les maisons, ici, étaient pauvres et basses. Bientôt, elles se firent rares et laissèrent la place à de petits jardins maraîchers.

– C'est impossible ! murmura-t-elle.

Devant eux s'étendait la route, droite, caillouteuse, peu fréquentée.

Logicielle s'accusa de négligence. Pourquoi, les jours précédents, n'avait-elle pas eu la curiosité de pousser jusqu'aux limites de Paris ?

Au loin, la campagne se perdait dans un horizon brumeux et flou. Logicielle crut en deviner la raison. Là, aucun paysage n'avait été créé !

– Cyrano, pourrions-nous explorer la campagne avoisinante ?

– Vos désirs sont des ordres, Laure. Surtout quand ils me permettent de prolonger les moments passés en votre compagnie.

Il se pencha pour donner un ordre au cocher.

Leur voiture ralentit et s'engagea sur la première route de traverse. Ils longèrent des jardins en friche puis des champs. Le chemin et le paysage se perdaient dans un flou inexplicable.

– Ce n'est pas du brouillard, murmura-t-elle en écarquillant les yeux.

– Du brouillard ? À cette heure ? Non, pour sûr !

Au fur et à mesure que leur voiture progressait, le chemin se dessinait sous leurs yeux, accentuant les détails à leur approche. De part et d'autre de la route, des arbres naissaient ; d'abord imprécis, ils gagnaient en netteté. Quand la voiture les longeait, ils étaient devenus réels, concrets, palpables. À l'horizon, des champs et des maisons finissaient par apparaître. Un village aux contours vagues jaillit en quelques instants au moment où la voiture s'y engageait.

– C'est complètement fou ! dit-elle.

Il suffisait d'avancer et d'explorer l'espace pour que le logiciel structure le paysage environnant ! Sans doute le faisait-il comme il réglait la météo, de façon aléatoire, en fonction des données que Tony ou Perrault lui avait livrées. Une banale application des images fractales...

– Qu'est-ce qui vous étonne ? demanda Cyrano.

– Eh bien cela ! s'exclama-t-elle en désignant l'extérieur. Voyez-vous le paysage se construire au fur et à mesure que nous avançons ?

– Certes. Pourquoi en serait-il autrement ?

Bien sûr ! Pour Cyrano et les figurants du Troisième Monde, ce phénomène était habituel. Quotidien.

– Est-ce différent là où vous vivez ? questionna-t-il. Dans le Premier Monde ?

– Comment ? Que dites-vous ?

– Ce que plusieurs personnes m'ont répété ces derniers jours. Ce monde est le troisième et vous venez du premier.

Des intrus l'avaient renseigné ! Logicielle parvint à contrôler sa panique.

– Que vous ont-ils encore révélé ?

– Que ceux du Premier Monde avaient créé celui-ci. Que la plupart d'entre nous étions la copie de certains modèles ayant vécu autrefois.

– Et... qu'en pensez-vous ? demanda-t-elle tandis qu'un frisson lui parcourait le dos.

– Cette hypothèse me séduit. J'ai toujours cru l'univers infini et les autres mondes nombreux et peuplés. Quant à être la copie de modèles précédents, c'est le lot de tout être vivant ! Les enfants ne ressemblent-ils pas à leurs père et mère ?

– Leur avez-vous révélé... qui vous êtes ?

Il se mit à rire franchement.

– Oui. Et l'on m'a appris que j'aurais, à deux ou trois siècles dans le futur, une copie au nez proéminent ! Une copie devenue le personnage d'une comédie dont on m'a récité quelques vers. J'en suis flatté. Car le signe de la réussite est d'être copié. Mais je prétends aussi, chère Laure, cultiver mon originalité. Le créateur authentique sait s'écarter des modèles, et en fournir à son tour !

– Cela ne vous vexe pas de penser que vous et moi n'appartenons pas...

Elle cherchait ses mots et lança :

– ... à la même espèce ?

– N'y a-t-il pas les riches et les pauvres, les nobles et les bourgeois ? Les libertins et les bigots ?

– Je veux dire, n'êtes-vous pas contrarié de savoir que, venant du Premier Monde, je suis plus réelle que vous ?

– Chacun se croit plus réel que tous ceux qui l'entourent, Laure. Chacun se croit le centre du monde puisque le monde naît et meurt avec soi.

Elle hocha la tête, vaincue par son raisonnement.

– Nous croyez-vous si différents l'un de l'autre ? reprit-il en se serrant contre elle. Si vous me peinez en vous écartant ainsi de moi, est-ce que je ne souffre pas ? Puisque je pense, c'est que je suis, comme l'affirmait notre grand Descartes ! Et je suis... fort épris de vous, chère Laure du Premier Monde.

– Cyrano, non ! Il ne faut pas...

Elle se dégagea, passa la tête par la portière et ordonna au cocher de reprendre le chemin de Sannois. Elle se souvint d'un détail.

-- Tout à l'heure, vous sembliez vous disputer avec Le Bret ?

– Oui, pour une bagatelle.

– Dites toujours.

– Eh bien, craignant une visite importune du Saint-Office, je lui ai confié mes manuscrits. Ce matin, je passe chez lui pour y récupérer mon *Étincelle* – un récit que je remanie. Or j'aperçois sur son bureau une lettre à lui adressée, provenant de l'évêché de Montauban. Surpris, je lui en demande la teneur ou du moins la raison. Le voilà qui rougit, se trouble et ne sait répondre à ma question. Je me fâche. Jusqu'à ce que le misérable avoue qu'il correspond avec l'évêque de cette ville ! Il va devenir son secrétaire particulier. Lui, Le Bret, que je n'avais jamais soupçonné d'être dévot !

L'information impressionna Logicielle qui déclara :

– Cela ressemble en effet à une trahison ?

– Bah, un simple arrangement à la réflexion. Je suis mal placé pour lui faire la morale, moi qui me suis compromis de la même façon !

Le coche était entré dans un petit bourg. Bientôt, la voiture s'arrêta devant une muraille qui entourait un long bâtiment flanqué d'une chapelle. Une cloche sonna.

– Ce sont les vêpres, expliqua Cyrano. Me voici arrivé au couvent. Quand puis-je espérer vous revoir ?

Elle réfléchit. Désormais, elle connaissait son repaire.

– Puisque vous ne logez plus à l'hôtel d'Arpajon…

– Mais si ! se récria-t-il. Je m'y rends chaque jour, je suis toujours au service du duc ! Écoutez, c'est moi qui me risquerai chez vous.

Elle lui expliqua qu'elle habitait chez Mariane. Mais, en venant à l'improviste, il aurait souvent affaire à une belle endormie !

– Cher Cyrano, revoyons-nous dimanche prochain, devant l'hôtel de Bourgogne. Entendu ?

– Soit. Hélas, nous n'y assisterons pas à un spectacle avant longtemps !

Il lui baisa la main plus passionnément que les convenances l'autorisaient. Puis il donna des ordres au cocher.

Pendant le trajet du retour, Logicielle resta accoudée à la portière de la voiture. Elle était fascinée par le paysage qui défilait, artificiel et pourtant plus vrai que nature.

Revenue à la réalité, elle soupira, à la fois soulagée et déçue.

L'informatique ne l'avait jamais effrayée. Les ordinateurs n'étaient que des machines, après tout. Mais elle détestait la façon dont le Troisième Monde s'emparait d'elle. Elle avait l'impression de perdre le contrôle, d'être sous l'emprise d'un mécanisme inexplicable et inconnu.

– Eh bien ? la pressait Perrault, debout à côté d'elle.

Elle se leva. Malgré la climatisation des locaux, elle ruisselait de sueur. Par les larges baies vitrées, elle vit le soleil se coucher.

– Racontez-nous ! ajouta Kosto. Nous vous avons perdue de vue dans le théâtre après l'intervention du Saint-Office !

Elle leur expliqua en détail l'entrevue avec Molière, sa découverte de la réserve de costumes, leur départ pour le couvent de Sannois...

– Puisque d'Assoucy et Lignières sont morts, les voilà hors de cause ! soupira Perrault. Non, c'est sûrement le Saint-Office qui fera le coup.

– Et pourquoi pas Le Bret ? suggéra Logicielle.

– Après la mort de Cyrano, Le Bret publiera son œuvre en censurant les passages compromettants. Il rédigera aussi une préface très fantaisiste ! Le Bret... Mais pourquoi aurait-il assassiné son ami ?

– Tu nous casses les pieds avec ton vieil assassin, Jean, se fâcha Kosto. Nous avons d'autres chats à fouetter, et de vrais pirates à localiser !

– Les pirates ? Je n'ai plus guère de doutes à leur sujet, dit Logicielle.

– Vraiment ? Qui sont-ils ? fit le PDG, très intéressé.

– Les agents du Saint-Office. Ce sont eux qui modifient le déroulement normal de l'Histoire ! Mais dans quel but ?

– De toute façon, soupira Perrault en aparté, je ne saurai jamais la vérité sur les assassins de mon ancêtre. Le Troisième Monde offre désormais une réalité historique complètement modifiée.

– L'idéal, reprit Kosto, ce serait que nous puissions capturer un agent du Saint-Office !

– Tu veux rire ? grommela son beau-frère. Ils sont armés. Organisés. Et si nous y parvenions, ils se débrancheraient aussi sec. Nous récupérerions des enveloppes inertes !

– Et Mazarin ? demanda Logicielle. Pourquoi n'essaieriez-vous pas de le contacter, monsieur Perrault ? C'est lui qui tire les ficelles, non ?

– Approcher le cardinal est difficile, soupirat-il.

C'était un comble : aujourd'hui, les créateurs des personnages devaient solliciter une audience auprès d'eux !

– Et je doute qu'il gouverne les agissements du Saint-Office, ajouta l'universitaire. À mon avis, il a perdu tout contrôle sur eux.

– Il n'est pas le seul ! se lamenta Tony. Car si j'ai bien compris, le logiciel gère les paysages !

– N'est-ce pas vous qui l'avez programmé ainsi ? s'exclama Kosto, furieux contre son employé.

Logicielle faillit lui faire remarquer que Tony avait obéi aux ordres. Dans cette affaire, les responsabilités semblaient très diluées.

– Et alors ? Je ne vois pas où est le problème ? dit Perrault à mi-voix.

– Le Troisième Monde s'agrandit ! expliqua Tony.

Il se rognait furieusement un ongle qui, lui, rapetissait à vue d'œil. Logicielle formula à voix haute la pensée de l'informaticien :

– Ce qui n'était qu'une ville limitée à trente kilomètres carrés et à deux cent mille habitants va prendre une dimension planétaire. Peu à peu, le Troisième Monde va devenir un monde virtuel aux dimensions...

Elle s'interrompit, car elle allait dire « du nôtre ».

En un sens, c'était pourtant cela. Le programme avait été nourri d'informations encyclopédiques qui lui permettraient de bâtir un univers virtuel identique au monde réel. Rien n'empêchait les nouveaux venus de s'organiser, de conquérir les autres continents. Peut-être même l'espace et les planètes !

Tout cela n'était qu'une question de temps...

Logicielle ne vit pas passer le début de la semaine.

Privée du personnel en congé et de Max, toujours injoignable, elle rentrait chez elle épuisée, la nuit tombée, et n'osait pas rejoindre le Troisième Monde de crainte de s'y endormir – c'eût été un comble !

Le mercredi, en désespoir de cause, elle appela Kosto pour lui expliquer la situation.

– Si vous pouviez me confier un OMNIA 3 au commissariat, j'essaierais de me connecter à temps perdu...

– Pourquoi ne me l'avez-vous pas demandé plus tôt ?

Une camionnette de NCF lui livra l'appareil dans l'après-midi. Elle ne put le mettre en fonction tant son emploi du temps fut chargé.

Revenue le soir dans son studio peu après vingt-deux heures, elle se fit réchauffer un plat surgelé au micro-ondes en écoutant d'une oreille distraite le journal télévisé. La nouvelle du jour la fit bondir.

– Ce nouvel accident nucléaire en Russie démontre, s'il en était encore besoin, l'état critique des centrales de ce pays. Avec l'accord des autorités russes, les délégués scientifiques des pays occidentaux mènent l'enquête. Des mesures ont été prises pour que la population soit évacuée.

Stupéfaite, elle vit apparaître à l'écran un tribun dont elle reconnut le visage barbu. C'était Adam-Sun, le gourou de l'Église des Simples Officiants.

– Comment ne pas voir la main de Dieu dans ce deuxième accident tragique ? Désormais, seule la vraie foi nous sauvera ! Chassons de notre vie ces technologies, fruits pervers de ces nouveaux sorciers que sont les scientifiques ! Vous qui m'écoutez et doutez, revenez aux valeurs bibliques. Rejoignez les rangs sacrés des Simples Officiants !

Ce n'était pas le discours convenu qui avait frappé Logicielle, mais un sigle peint sur le drap violet qui recouvrait la tribune d'où Adam-Sun haranguait la foule : un cercle d'or surmonté d'une croix. Et à l'intérieur de ce cercle, la lettre S. Elle blêmit, murmura à mi-voix :

– Bon sang, ça ne peut pas être un hasard. Et puis ce deuxième accident nucléaire...

Sans quitter l'écran des yeux, elle se précipita sur le téléphone.

– Germain ? Pardonnez-moi, il est tard, mais je viens de rentrer. Vous avez vu les infos ? Est-ce que vous pensez...

– ... qu'il pourrait s'agir d'un nouvel attentat ? acheva le commissaire de Bergerac. Il sera difficile de le démontrer. Et encore plus délicat d'établir un lien avec le premier, à supposer qu'il y en ait un. Ici, l'enquête piétine.

– Je voulais parler de la suite du reportage et des Simples Officiants.

– Non, je n'ai pas fait attention. Pourquoi ?

– Vous vous demandiez s'il y avait un lien entre les accidents de ces deux centrales ? Eh bien je crois que je viens de le découvrir ! Germain, pourriez-vous vérifier si les saboteurs de la centrale du Blayais n'étaient pas des Simples Officiants ?

11

Le lendemain matin, son téléphone la réveilla avant sept heures. C'était Perrault, essoufflé comme s'il avait couru un marathon.

– Ah, Logicielle... il y a du nouveau ! Kosto, Tony et moi avons passé la nuit dans le Troisième Monde. J'ai tenté de contacter Mazarin. En vain. J'ai alors sollicité une audience auprès de la régente.

– La régente ?

– Anne d'Autriche. Elle résidait avec le jeune Louis XIV au château de Saint-Germain.

– Elle résidait ? Elle n'y est donc plus ?

– Non ! Saint-Germain a été investi par le Saint-Office ! Le roi et sa mère sont en fuite. En principe, d'après les informations de Tony, leur carrosse va rejoindre le Louvre. Il devrait passer d'une minute à l'autre rue Saint-Honoré, à deux pas de chez vous. Je veux dire près de l'hôtel particulier de Mariane.

143

Logicielle se leva d'un bond et, sans quitter le récepteur, s'assit devant son ordinateur et demanda :

– Que voulez-vous que je fasse ?

– La trame historique est complètement bouleversée ! Elle suit une direction inattendue et dangereuse. Le roi Louis XIV doit prendre le pouvoir et régner, vous comprenez ? Surtout si Mazarin n'est plus là !

Logicielle faillit rétorquer à Perrault que tout était sa faute : s'il n'avait pas eu la stupide initiative de reconstituer ce Paris virtuel, des petits malins n'y seraient pas entrés pour tenter de modifier le cours de son Histoire.

– Du calme, murmura-t-elle à mi-voix. Cette Histoire a déjà eu lieu.

Elle se demandait pourquoi elle prenait la situation tant à cœur. Il s'agissait d'un jeu, après tout ! Mais elle devinait confusément la gravité de l'enjeu. Le Saint-Office lançait un défi au futur. Ou plutôt les Simples Officiants tentaient de prendre le pouvoir dans le Troisième Monde.

– Ça y est, dit-elle, les doigts crispés sur le clavier. Je viens d'afficher le site. Par pitié, expliquez-vous, Perrault ! Qu'attendez-vous de moi ?

– Il faudrait veiller sur le roi et sur sa mère. Les recueillir. Les cacher !

C'était complètement fou. À l'aube, un professeur la réveillait en sursaut dans son petit studio, elle, lieutenant de police à la brigade de Saint-Denis, pour lui demander de venir en aide au norn du jeune Louis XIV, en fuite dans le Paris virtuel de 1654!

– Logicielle? Je vous en supplie! Branchez-vous. Essayez!

Chez Mariane aussi, l'aube se levait. Laure de Gicièle traversa la cour à grands pas et sortit. À cette heure, le quartier était désert.

En arrivant à l'angle de la rue Saint-Honoré, elle entendit le cliquetis caractéristique des roues et des sabots qui martelaient le sol.

Un carrosse apparut, tiré par six chevaux au galop qui fumaient de sueur. Elle aperçut des fleurs de lys sur les portières peintes en bleu nuit et, debout sur le marchepied arrière, deux gardes en livrée.

– Logicielle, attention! cria derrière elle une voix familière.

Elle se retourna. Une énorme voiture à bras chargée de bûches roulait dans sa direction à grande vitesse. Elle se sentit happée par des bras inconnus, puis renversée à terre. Il était temps, l'énorme véhicule avait failli l'écraser et la broyer! À présent, il dévalait la rue, poussé par sept ou huit hommes masqués et vêtus de noir.

– À qui dois-je la vie? bredouilla-t-elle en se relevant.

Son sauveteur providentiel s'éloignait déjà. Non, ce n'était pas Cyrano, mais un gentilhomme en pourpoint bleu clair !

Elle faillit se lancer à sa poursuite, mais la scène qui se déroula devant ses yeux la cloua sur place : la voiture à bras déboucha dans la rue Saint-Honoré au moment où surgissait le carrosse ! Les cochers du véhicule royal n'eurent pas le temps de réagir. Les chevaux de tête furent littéralement happés par la charrette. Les quatre autres se cabrèrent et le carrosse versa d'un coup, écrasant l'un des gardes et projetant le second cul par-dessus tête.

Quatre des hommes masqués dégainèrent des poignards et se précipitèrent à l'intérieur du carrosse. Il n'y eut ni lutte ni cris. Pas même un appel au secours. Ils ressortirent presque aussitôt. Pendant ce temps, leurs complices surveillaient les cochers et les gardes inanimés à terre.

Puis trois des meurtriers se tournèrent vers le quatrième et... le ceinturèrent, tandis que les autres se précipitaient sur lui et l'assommaient à coups de poing ! Ils l'abandonnèrent sur place et s'égaillèrent dans les rues avoisinantes. L'accident avait attiré du monde aux fenêtres. Du coup, les gorges se délièrent. Deux femmes hurlèrent. Un porteur d'eau brailla :

– À l'aide ! à l'assassin !

Dans la seconde qui suivit, les gardiens du Saint-Office surgirent des rues par lesquelles les assaillants avaient fui. La coïncidence était si troublante que Logicielle crut avoir la berlue. Alentour, personne n'y prit garde.

Le dernier acte de cette habile mise en scène fut joué en public : l'un des gardiens gagna le carrosse royal, se pencha par la portière béante. Il y jeta un bref coup d'œil, se redressa et cria :

– Le roi est mort ! La reine mère expire !

Les autres relevèrent l'assassin encore sonné tandis que, dans le public, des cris fusaient :

– C'est lui !

– Oui, c'est l'un de ceux qui ont fait le coup !

– Meurs, suppôt de Satan ! cria le gardien du Saint-Office.

Il lui passa l'épée au travers du corps, aussitôt imité par ses camarades. L'homme, à peine conscient, ne dut même pas se voir mourir.

– Voilà la scène à laquelle je viens d'assister, acheva Logicielle au téléphone. Je suis navrée, monsieur Perrault, mais je n'ai rien pu faire.

Après ce triple assassinat, elle avait regagné en hâte le domicile de Mariane, s'était débranchée et retrouvée dans son studio douillet, le cœur battant et les jambes en coton.

– C'est fou ! C'est invraisemblable ! répétait l'universitaire.

Logicielle n'avait jamais été forte en histoire. Mais elle se souvenait que Louis XIV avait long-temps régné avant de mourir en 1715.

– Oui, répondit-elle. Nous nageons en pleine uchronie.

– Uchronie ?

– Un récit dans lequel un événement imprévu oriente l'Histoire dans une direction différente de celle que nous connaissons… Savez-vous si c'est Kosto ou Tony qui, en me poussant, m'a sauvé la vie ?

– Ni l'un ni l'autre. Ils se trouvaient respective-ment chez Scarron et à l'une des portes de Paris.

Ce matin, elle serait en retard au bureau. Elle prit le temps de boire un café. Et d'appeler Max. Il était toujours absent.

À peine arrivée au commissariat, on lui passa une communication.

– Logicielle ? Ici c'est Germain. Vous aviez raison. Mon couple d'ingénieurs saboteurs appartenait bien aux Simples Officiants. Depuis six ans.

– Alors nous les tenons !

– Nous ne tenons rien du tout, hélas ! Cette secte est aussi légale qu'une association de pêcheurs à la ligne. Le lien avec l'attentat de la centrale sera difficile à établir. Il nous faudrait des preuves concrètes, un témoignage, un aveu… Je vous rappelle dès que j'ai du nouveau.

En raccrochant, Logicielle avait cependant l'impression qu'un étau se refermait sur les Simples Officiants. Il suffisait d'un détail ou d'une erreur de leur part pour qu'elle puisse envisager la mise en examen des responsables de la secte.

Dans la journée, comme elle s'apprêtait à se brancher, un collègue fit irruption dans son bureau.

– Tu connais ce site ? lui dit-il en désignant l'écran. Méfie-toi, dès qu'on se connecte, on plonge en plein virtuel !

– Quoi ? Tu es donc au courant ?

Il lui révéla que plusieurs de ses amis à lui se branchaient souvent sur le Troisième Monde. Elle voulut le mettre en garde mais y renonça. De quel droit pouvait-on déconseiller ou interdire de surfer ici ou là sur Internet ?

Elle tenta de contacter miss Simpson qui s'avéra injoignable. Elle lui laissa trois messages sur son répondeur.

Ce jeudi fut l'une des journées les plus trépidantes du mois d'août. À vingt et une heures, comme elle quittait enfin son bureau, son collègue Jean-François la héla de loin :

– Tu as un appel ! C'est Jean Perrault.

L'universitaire avait sa voix des mauvais jours.

– Les événements se précipitent. Le Saint-Office a annoncé au peuple la mort d'Anne d'Autriche et de Louis XIV. Mazarin a été écarté du pouvoir. C'est un comble : il est aux arrêts, soupçonné d'être à l'origine du complot qui a coûté la vie au roi et à sa mère !

– Vous ne croyez pas à cette version des faits ?

– Non. Mais elle fait bien l'affaire du Saint-Office qui a établi un gouvernement provisoire.

Logicielle comprit que le Troisième Monde était livré aux mains de religieux fanatiques qui n'étaient pas près d'abandonner le pouvoir.

À peine avait-elle raccroché que le téléphone se remit à sonner. Irritée, elle se dirigea vers la porte et lança à Jean-François :

– Cette fois, je n'y suis pour personne !

Mais en entendant son collègue répondre :

– Je suis désolé, miss Simpson, elle vient juste de partir…

Elle fit demi-tour et lui arracha presque le combiné des mains, ne lui laissant que le temps de dire :

– Euh… vous tombez bien, elle vient de revenir !

– Logicielle ? J'ai reçu vos messages. Alors vous avez du nouveau ?

– Oui. J'ai de graves présomptions contre une secte, miss Simpson ! À mon avis, ce sont ses membres qui ont piraté le Troisième Monde et l'ont mis sur le Net. Je soupçonne même son dirigeant, Adam-Sun…

À bout de nerfs, elle lui livra ses déductions en vrac. La réponse de sa collègue d'Interpol lui fit l'effet d'une douche froide :

– Avez-vous l'ombre d'une preuve, Logicielle ? Sur quels faits délictueux et précis reposent vos présomptions ?

– Eh bien, euh... le problème, c'est que les Simples Officiants sont implantés un peu partout dans le monde.

– Nous sommes d'accord. Tous vos soupçons reposent sur une coïncidence.

– Vous oubliez les saboteurs de la centrale ! Ils faisaient partie de la secte. Et ils ont agi sur ordre, c'est évident !

– Cela, il faudra que l'enquête l'établisse. Quant à mettre en cause les Simples Officiants parce que leur sigle ressemble à celui des gens du Saint-Office dans le Troisième Monde, c'est hors de question. Je ne veux pas me couvrir de ridicule. Pour lancer un mandat d'arrêt, Logicielle, il nous en faut bien davantage.

– Évidemment. Je comprends.

Elle se doutait aussi qu'Adam-Sun et ses complices avaient multiplié les précautions et les intermédiaires. Il faudrait beaucoup de temps pour éclaircir cette affaire.

Pourtant, elle se trompait.

L'affaire fut résolue en quelques heures.

Juste après le retour de Grèce du commissaire Delumeau.

12

Bien qu'il ne reprenne son service que le sur-
lendemain, Delumeau était venu faire un saut
au commissariat le samedi en fin de matinée.
On le félicita poliment pour son teint bronzé.
En fait, ce hâle estival était d'une étrange cou-
leur pourpre.

– Ne m'en parlez pas ! bougonna-t-il. J'ai
attrapé vingt coups de soleil. Quelle chaleur !
Et puis le vent, le vent ! Ah, n'allez jamais en
Grèce au mois d'août !

– Vous avez pourtant eu du flair, glissa Jean-
François, en partant la veille de l'accident
nucléaire.

– Du flair ? Hier soir, en atterrissant à Roissy,
on nous a informés que nous devions nous procurer des capsules d'iode au plus vite. Les
radiations restent dangereuses !

– Sûrement moins ici qu'à Moscou ! lança
une voix anonyme.

– Et vous ne savez pas le pire ? Ce matin, j'ai fait six pharmacies. Plus de capsules ! Rupture de stock ! Il n'y a qu'à moi que ça arrive...

– Ne vous inquiétez pas, lui dit Logicielle. Mme Kostovitch est l'une des responsables du laboratoire qui les fabrique. Il se peut que je la voie demain. Lundi, vous aurez un flacon plein.

– Alors quoi de neuf, à la brigade ? soupira le commissaire.

– Tout va bien, chef, affirma Jean-François. Depuis votre départ, vingt cambriolages, soixante-douze vols de voiture... Et Max est absent.

– Que lui est-il arrivé ?

– Tombé malade en service commandé, précisa un petit plaisantin.

– Et cette grosse affaire de piratage, à NCF ?

– Je suis dessus depuis plus de trois semaines, soupira Logicielle.

– Vous pourriez me donner les détails du dossier ?

Elle emmena Delumeau dans son bureau sous le regard reconnaissant de ses collègues : ce n'était pas une mince affaire de gérer la mauvaise humeur permanente du commissaire. Quant à lui expliquer un problème d'informatique, cela relevait de l'exploit.

– Je comprends, mentit Delumeau après que Logicielle lui eut résumé l'affaire. Mais ce que j'imagine mal, c'est ce... comment l'appelez-vous ? Le Troisième Monde ?

– Vous voulez voir à quoi il ressemble ?

Elle avisa l'OMNIA 3 qui trônait parmi ses dossiers.

– C'est simple, commissaire. Asseyez-vous, je vais vous montrer. Mais je devrai quitter la pièce. Il faut suivre mes instructions à la lettre. Surtout, gardez toujours la main sur le clavier...

Intérieurement, Logicielle se réjouissait de la surprise et de l'effroi de son supérieur. Où allait-il apparaître ? Et sous la forme de quel avatar ? Elle vérifia que Delumeau était bien calé sur son siège. Elle sortit du bureau et, sans le perdre de vue grâce à la porte laissée entrouverte, elle lui cria :

– Allez-y ! Appuyez sur la touche !

Rien de particulier ne se produisit. Delumeau ne ferma pas les yeux à demi. Au contraire, il examina l'écran et tenta de manipuler la souris. Stupéfaite, elle lui jeta :

– Commissaire ? Vous vous êtes branché ?

– Oui. J'aperçois sur l'écran une jeune femme qui dort et qui vous ressemble. Nous sommes dans un hôtel particulier ?

Incroyable ! Delumeau ne plongeait pas dans le Troisième Monde !

Sans réfléchir, elle entra dans son bureau. À peine en avait-elle franchi le seuil qu'un vertige la saisit. Sa vue se brouilla. Et devant elle se matérialisa l'antichambre de Mariane !

Elle avait rejoint son avatar...

Elle revint à la réalité au prix de certaines difficultés. Fermant les yeux, elle dut retrouver l'OMNIA 3 à tâtons.

Elle sentit qu'elle bousculait Delumeau. Dès qu'elle eut le clavier sous ses doigts, elle se déconnecta. Puis rouvrit les yeux.

— À quoi vous jouez, Logicielle ? Si vous m'expliquiez ?

C'était inexplicable. Delumeau semblait rétif à l'univers virtuel. Il pouvait l'observer sur l'écran, mais il n'y entrait pas !

— Moi, lui confia peu après Jean-François, ça ne m'étonne pas. Delumeau est non seulement imperméable à l'informatique, mais de plus dépourvu d'imagination.

Quelle anomalie avait pu laisser Delumeau de glace devant l'écran ? Elle avait le sentiment que c'était là l'une des clés du mystère.

Vers quinze heures, elle reçut un appel de NCF.

— Logicielle ? Ici Perrault. Je sors du Troisième Monde à l'instant. La situation se normalise. La mort du roi a bien provoqué ici ou là quelques velléités de révolte, vite enrayées par les nouveaux maîtres du royaume... Oui, le Saint-Office a la situation en main. Leurs agents ont installé aux portes de Paris des canons d'un modèle inédit.

— Que voulez-vous dire ?

– Que ce genre d'armes n'existait pas en 1654.

– Mais alors, ils auraient... apporté ces armes du réel?

– On n'apporte rien du réel, Logicielle, vous le savez! Par contre, on emporte avec soi son intelligence, ses connaissances, son savoir-faire. Il existe une industrie dans le Troisième Monde. Rien n'empêche donc les nouveaux venus de mettre au point des technologies qui auraient dû attendre un siècle ou deux pour naître! Si vous étiez plongée en pleine préhistoire, vous faudrait-il des années pour réinventer le feu, l'arc et la roue?

– Pardonnez-moi. Ma réflexion était ridicule.

– Votre rendez-vous avec Cyrano a bien lieu demain? Nous serons à NCF.

– Je viendrai, promit-elle.

Elle s'écria soudain :

– Au fait, j'y pense! Mon supérieur vient de rentrer de Grèce et il n'a pas pu se procurer de capsules d'iode. Est-ce que...?

– Aucun problème. Je demanderai à ma sœur d'en apporter un flacon.

À peine rentrée, Logicielle essaya encore de joindre Max. Elle laissa un nouveau message sur son répondeur. Elle hésitait entre l'inquiétude, la colère et la déception. Jamais il ne l'avait laissée aussi longtemps sans nouvelles!

Désœuvrée, elle alla voir un film qu'elle jugea sans intérêt. Même son repas solitaire au restaurant de la rue Pradier lui parut fade. Aucun doute. Pour que la vie ait de la saveur, il fallait qu'on puisse la partager. Oui, tout semblait meilleur à deux.

Le lendemain Logicielle se présenta à quatorze heures au trente-troisième étage de NCF où Tony et Perrault achevaient leur déjeuner.

– Où est M. Kostovitch ?

– Au téléphone.

Depuis son bureau entrouvert, Kosto lui fit signe d'approcher. Il semblait en conversation privée, elle resta sur le seuil.

– Mais non ma chérie, au contraire...

Le PDG tenait le combiné d'une main et de l'autre il caressait un petit cadre posé près de ses dossiers – une photo de son épouse, en gros plan. La chaîne et le médaillon qu'elle portait au cou attirèrent le regard de Logicielle. Enfin, il raccrocha ; elle put entrer et détailler le cliché.

– Ma femme passe le week-end chez des amis. Mais mon beau-frère m'a passé le message. Voilà trois tubes de capsules pour votre cher commissaire, dit-il en déposant des flacons sur le bureau. Ça suffira ?

La photo était excellente. À la chaîne pendait

un petit médaillon en or, une sorte d'œuf surmonté d'une croix à l'intérieur duquel on distinguait un serpent. Ou la lettre S.

– Vous êtes prêts à partir ? demanda Kosto.

Chacun s'était installé face à un OMNIA 3, à l'un des quatre coins de la salle. L'après-midi avait été planifié ainsi : tandis que Tony chaperonnerait Logicielle, Perrault assisterait aux obsèques royales à Notre-Dame. Par mesure de sécurité, Kosto ne se brancherait pas.

En rejoignant son avatar, Logicielle se retrouva face à Mariane. Son visage avait perdu toute amabilité. Elle fixait d'un œil sévère celle qui venait de s'éveiller. Elle la saisit par le bras si rudement que Logicielle sentit ses ongles lui meurtrir la chair.

– Cette fois, ma jeune amie, il va falloir que vous m'expliquiez votre léthargie perpétuelle. Vos éveils soudains.

– Écoutez, j'ai un rendez-vous. À mon retour, je vous promets…

– Non. Immédiatement. Et je suis sûre que les gens de votre espèce ont des révélations à faire sur ce qui se passe ici !

– Sur la mort du roi ?

– Mais non ! répondit-elle en haussant les épaules. Je veux parler des bruits qui courent sur ce que nous serions.

À cet instant, Tony surgit dans la pièce.

– Le temps presse, murmura-t-il. Utilisons la manière forte !

Il se précipita sur sa maîtresse et lui emprisonna les deux bras. Mariane blêmit, se débattit à peine et glapit :

– Auriez-vous perdu l'esprit ? Lélie... voulez-vous me lâcher !

De la tête, il fit signe à Logicielle de s'éclipser. Elle quitta l'hôtel en courant. Sans hésiter, elle se dirigea vers l'hôtel de Bourgogne. À chaque carrefour se tenaient des membres du Saint-Office. Avec leur rapière qui dépassait de leur longue cape violette, ils inspiraient moins le respect que l'effroi. C'était donc là ce qui attendait les futurs visiteurs... un pays où régneraient la force, la discipline et sans doute la crainte de l'enfer. Comment le malheureux Lélie allait-il s'en tirer ? Pouvait-il révéler à Mariane qu'elle était une figurante dans un monde artificiel et reconstitué ?

– Bah, au pire il se fera renvoyer !

Tandis qu'elle parcourait les rues, elle vit une colonne de fumée noire qui s'élevait du côté de la place de Grève. Bientôt, elle fut en vue de l'hôtel de Bourgogne.

Les abords du théâtre étaient déserts. Les gens du Saint-Office, plus nombreux ici qu'ailleurs, gardaient ce bâtiment désormais réputé comme un lieu de perdition. Pourtant, un quidam à rapière n'hésitait pas à faire les

160

cent pas sous l'allée couverte qui protégeait l'entrée. Logicielle sentit son cœur battre plus vite en le reconnaissant :

– Cyrano !

– Laure... Maintenant, je sais que le paradis existe !

Il se précipita vers elle, lui saisit les deux mains pour les porter à ses lèvres et ploya un genou jusqu'à terre. Elle se défendit mollement et accepta son bras. D'un bref regard circulaire, elle vérifia que personne ne les suivait.

– Et votre inséparable ami Le Bret, où est-il ? demanda-t-elle.

– Oh, je suppose qu'il assiste aux obsèques du roi, comme la moitié de Paris ! Que diriez-vous d'une promenade en calèche ? Depuis quelques jours, ajouta-t-il en désignant les gardiens du Saint-Office, j'ai l'impression que les murs ont des oreilles !

Mais après un quart d'heure de marche dans les rues presque vides de la capitale, il leur fallut renoncer. Les voitures devaient toutes se presser du côté de l'enterrement royal.

– À moins qu'elles n'aient été réquisitionnées pour puiser de l'eau en Seine ? suggéra Cyrano en désignant la lourde fumée au loin. Je me demande si c'est un incendie.

Un passant qu'ils croisaient dut entendre la question. Sans s'arrêter, il leur jeta :

– Il paraît que l'hôtel d'Arpajon est en feu !

– Ventrebleu! s'exclama Cyrano en blêmissant. Mon manuscrit de *L'Étincelle* est encore là-bas! Je dois le récupérer. Ah, j'ai bien fait de confier mon *Autre Monde* à Le Bret! Laure, pardonnez-moi...

Il se mit à courir. Empêtrée dans sa robe, elle lui cria :

– Partez devant, je vous rejoins!

À l'instant où il disparut au coin d'une rue, un vague souvenir remonta à la mémoire de Logicielle. Perrault ne lui avait-il pas dit que Cyrano mourrait après l'incendie de l'hôtel d'Arpajon?

Elle s'élança à son tour, tenaillée par un pressentiment, pestant contre ce costume qui entravait ses mouvements.

Quand elle parvint en vue de l'hôtel, Cyrano se frayait un chemin parmi des badauds qui, pour la plupart, faisaient la chaîne avec des seaux.

L'incendie était terrifiant. Les flammes sortaient des fenêtres à meneaux; portées par le vent, elles se propageaient en direction des bâtiments voisins.

– Cyrano! Par pitié, revenez!

Il ne pouvait pas l'entendre dans le ronflement du brasier. Elle le vit écarter les gens qui le dissuadaient de se risquer plus loin. Il poussa la porte de l'hôtel et s'y engouffra. C'était de la folie. Comment allait-il franchir le troisième et le quatrième étages en feu? Et d'ailleurs, à quoi bon? Toutes les tuiles des combles avaient été soufflées. Du logis de Cyrano, il ne restait plus qu'une carcasse noircie qui achevait de se consumer.

– Bon sang... mais il y est parvenu ! Et si vite ?

Elle distinguait au sommet de l'hôtel une silhouette mouvante qui se faufilait dans la fumée. Elle écarquilla les yeux et crut même en apercevoir une deuxième, plus corpulente.

Un homme jaillit du bâtiment et s'affala à terre, épuisé par la chaleur et les efforts. C'était Cyrano ! Sa tentative avait échoué ! En ce cas, qui étaient les hommes au sommet de l'hôtel, qui se démenaient à dix pas des flammes ? En un éclair, elle comprit.

– Non ! hurla-t-elle.

Elle fendit la foule avec une violence décuplée par l'urgence. Bien qu'elle fût loin du brasier, elle sentait son haleine brûlante. Là-haut, la première silhouette s'immobilisa sous la charpente fumante, observa la foule en contrebas. Avisant un débris de bois noirci, elle s'y arc-bouta, fit levier... Sur la chaussée, Cyrano massait ses membres douloureux. Soudain, une partie de la toiture céda. Un enchevêtrement de poutres calcinées bascula !

– Cyrano, attention ! hurla Logicielle.

Hélas, sa voix fut couverte par les craquements du feu, le ronflement des flammes et les appels des badauds. Elle s'élança, mains en avant, vers Cyrano. Mais elle n'eut pas le temps de le pousser, car elle fut happée au passage par un passant! Tous deux roulèrent à terre. Dans sa chute, Logicielle entendit l'énorme fracas des poutres qui s'effondraient sur la chaussée. Des éclats enflammés tombèrent sur sa robe. Affalée sur le pavé, elle aperçut Cyrano qui gisait à terre, inconscient, le visage couvert de sang.

Une voix familière lui chuchota à l'oreille :

– C'était de la folie, tu n'y serais jamais arrivée! Je suis désolé, Logicielle. Mais c'était toi ou lui.

Celui qui l'avait sauvée malgré elle haletait, rouge de sueur. Il portait un pourpoint bleu clair, noirci par la fumée. Cette fois, elle l'identifia parfaitement...

C'était Max.

Les passants avaient lâché leurs seaux pour se précipiter vers eux. On dégageait avec précaution le corps de Cyrano. L'écrivain portait au front une entaille sanglante qui se perdait jusque sous ses mèches. Il était inconscient. Logicielle s'agenouilla, souleva la nuque du blessé.

– Cyrano, m'entendez-vous? Mon Dieu, c'est ma faute! J'aurais dû...

– Pour l'instant, nous ne pouvons rien pour lui, dit doucement la voix de Max au-dessus d'elle. Mais si tu veux identifier l'assassin... regarde, il est encore là-haut!

Il lui désigna une ombre qui évoluait dans la fumée, escaladait les solives, se faufilait parmi les murs noircis.

– Non, affirma-t-elle en écarquillant les yeux. Ce n'est pas celui qui a fait tomber les poutres sur Cyrano. Il est plus corpulent ! Si j'osais…

Alentour, tous avaient repris la lutte contre l'incendie.

– Allons-y ! dit-elle en se relevant brusquement. Je dois savoir !

– Trop dangereux, fit Max. Jamais nous n'arriverons là-haut !

– Pourtant, ces deux hommes y sont parvenus ! Comment ont-ils fait ?

Elle se souvint de l'escalier en colimaçon et de l'issue discrète par laquelle Cyrano l'avait fait sortir quinze jours plus tôt. Une porte qui permettait d'accéder à un immeuble voisin, dans une impasse proche. Elle s'y précipita, Max sur ses talons.

– Max ? Suis-moi. Nous allons gagner les étages de l'hôtel par là !

– Eh bien, grommela son adjoint, tu connais la maison comme ta poche !

Il y avait dans cette constatation de l'étonnement et du reproche.

Ils s'élancèrent dans l'escalier étroit. Mais leur progression était difficile à cause de la fumée. Ils commençaient à suffoquer. Soudain, des bruits de pas précipités retentirent au-dessus de leurs têtes. Un homme jaillit sur le palier supérieur. Il étouffa un juron en voyant qu'ils lui barraient l'escalier et détala dans une pièce voisine.

Logicielle tira un mouchoir en dentelle de sa poche, s'en recouvrit le nez et monta dix marches en trois pas quand l'individu corpulent passa devant elle comme une flèche, empruntant le même chemin que le premier.

Elle s'élança à la poursuite des deux hommes, s'engagea dans un couloir et déboucha sur un immense escalier à vis.

– Les assassins… là, au rez-de-chaussée !

Max venait de la rejoindre, il toussait à s'en arracher les poumons.

Les deux hommes traversaient le vestibule. Ils allaient atteindre le porche qui donnait sur la rue.

– Trop tard, ils nous échappent ! constata amèrement Logicielle.

Penchée sur la rambarde de pierre, elle vit alors l'inconnu corpulent se jeter sur celui qui le précédait. Ils tombèrent pêle-mêle.

– Max ? J'ai l'impression que…

Elle se rendit compte qu'elle faisait erreur depuis le début : les deux hommes n'étaient pas complices, le second n'avait jamais cessé de poursuivre le premier !

L'homme plaqué au sol, immobilisé, les regardait.

C'était Le Bret.

Celui qui pesait de tout son poids sur lui était un bon bourgeois d'une cinquantaine d'années. Il soufflait comme un phoque.

– Logicielle, Max ! leur lança-t-il. Bon sang, venez me donner un coup de main !

Elle réprima un cri de stupéfaction : ce bourgeois, c'était Germain.

13

Maintenu à terre, Le Bret, stupéfait, regardait tour à tour Logicielle, Max et Germain. Comment ce trio d'enfer au langage et aux manières étranges avait-il pu le capturer ?

– Qu'est-ce que vous faites là, commissaire ? demanda Max.

– Chacun son métier, jeune homme ! Vous suiviez votre copine, j'ai jugé utile de m'occuper de l'assassin. D'ailleurs, ce serait peut-être le moment d'interroger cette fripouille ! Je doute qu'on nous donne le temps et les moyens d'un vrai procès.

Le Bret n'en menait pas large. Il était blanc de peur ; ses joues glabres pendouillaient en tremblotant.

– Pourquoi vouliez-vous tuer Cyrano... votre ami d'enfance ? rugit Logicielle.

– J'ai agi sur ordre, répondit Le Bret à voix basse.

– Sur l'ordre de qui ? insista-t-elle. Du Saint-Office, n'est-ce pas ? Que vous a-t-on donné ou promis pour ce crime ?

L'assassin fronça les sourcils. Il bredouilla :

– Le Saint-Office ne m'a rien demandé. Rien donné. Rien promis.

Logicielle se souvint que Le Bret était le futur secrétaire de l'évêque de Montauban. Elle le provoqua :

– Ce crime vous vaudra les flammes de l'enfer !

– Oui. Je le sais. Je l'accepte. C'était le seul moyen pour que Cyrano, lui, gagne le ciel.

Cette explication lui parut confuse.

– Expliquez-vous ! Qui vous a demandé de tuer Cyrano ?

Le Bret baissa la tête et serra les dents.

– Qu'importe ! déclara Max en dégainant le poignard de son ceinturon. Nous tenons le coupable. Nous allons faire justice nous-mêmes.

Il pointa l'arme sur le cou du misérable, commença à enfoncer la lame. Logicielle s'interposa.

– Bah... fit Max. Ce n'est qu'un petit jouet informatique, voyons ! Un minable ectoplasme...

Il leva la main pour le poignarder.

– Non ! hurla Le Bret en gémissant.

Bien que personnage d'un programme, le criminel semblait tenir à sa peau virtuelle.

– Alors nous allons conclure un marché, crapule ! cracha Max sans rengainer son poignard.

Tu nous révèles qui a commandité ce crime et nous te laissons filer. Qu'en dites-vous ?

Logicielle et Germain hochèrent solennellement la tête.

– Vite ! ordonna Max. Vite, avant que je change d'avis. Qui est-ce ?

– Une femme, avoua Le Bret d'une voix faible.

Logicielle accusa le coup. Ça, c'était un scoop.

– Qui ? grogna Max. Son nom ?

– Jamais je ne la trahirai ! Je l'aime.

Le Bret poussa un long soupir. D'une voix éteinte, il murmura :

– Vous pouvez me tuer, à présent. Je ne vous dirai plus rien.

Des bruits de sabots retentirent à l'entrée du porche. Trois gardiens du Saint-Office, à cheval, firent irruption sous le porche.

– Que se passe-t-il, ici ? gronda l'un d'entre eux.

Une seconde suffit à Logicielle pour improviser une explication.

– Des poutres calcinées sont tombées sur ce malheureux, dit-elle en désignant Le Bret à terre. Nous l'avons conduit en sécurité ici.

– Est-il blessé ?

– Non, répondit Germain en obligeant l'autre à se relever. Je crois qu'il a eu plus de peur que de mal...

Le Bret tremblait encore de tous ses membres quand Max fit mine d'épousseter son habit.

– Nous vous le laissons, jeta Logicielle aux cavaliers en foudroyant Le Bret du regard. Mais nous reviendrons bientôt prendre de ses nouvelles.

Germain et Max adressèrent un signe de tête aux hommes à cheval. Logicielle se contenta d'un brouillon de révérence. Tous trois revinrent devant l'hôtel d'Arpajon prendre des nouvelles de Cyrano. On leur apprit qu'il avait été emmené à la Maison de la charité chrétienne.

– Mais il était vivant ? insista Logicielle. Où se trouve cette maison ?

– Allons, viens ! lui dit Max en la prenant par le bras. Nous verrons ça plus tard. Nous ne pouvons plus rien faire pour ton soupirant.

Ils se fondirent dans la foule. Max semblait mécontent :

– Le Bret s'en tire à bon compte ! Pourquoi l'as-tu laissé filer ?

– Quelle importance ? Nous savons l'essentiel. Perrault sera satisfait.

– Et puis, ajouta Germain en désignant les alentours, ce n'est pas à nous de rendre la justice ici !

– Maintenant, lança Logicielle à ses amis, je crois avoir droit à quelques explications... Que faites-vous là, tous les deux ?

– Eh bien moi, répondit Germain, j'étais très curieux de connaître le Troisième Monde. L'un de mes adjoints, à Bergerac, possède un OMNIA 3. Je n'ai pas pu résister. Depuis le début de la semaine, je me branche au commissariat, deux ou trois fois par jour. La plupart du temps, je surveille l'hôtel d'Arpajon. Aujourd'hui, peu après midi, j'ai assisté au début de l'incendie. Je me suis risqué dans les étages. J'ai déniché cet inconnu dont la conduite m'a paru suspecte. Quand il a balancé les poutres, je n'ai pas pu intervenir. Mais je me suis lancé à ses trousses... La suite, vous la connaissez.

C'était bien là le style de Germain, aussi efficace que discret.

– Et toi, Max ?

– Que veux-tu savoir ? bougonna son adjoint. Depuis quelque temps, tu avais toujours l'air d'être ailleurs ! C'est-à-dire ici. Je n'avais qu'un moyen de te rejoindre : me mettre en congé et m'installer chez un ami qui possède un OMNIA 3, lui aussi. Depuis qu'il m'héberge, je suis branché en permanence.

– C'est bien ce que j'ai cru comprendre. Et tu me surveilles ?

Max s'arrêta, scandalisé. Il prit l'inspecteur à témoin.

– Vous l'entendez, Germain ? C'est un comble ! Depuis une dizaine de jours, je marche dans ses pas, je lui sauve la vie deux fois... Et elle prétend que je la surveille ! Non, Logicielle, je veille sur toi, nuance !

– Pardonne-moi, Max, je te remercie, murmura-t-elle en lui prenant la main.

Comme ils passaient près de l'hôtel de Bourgogne, un laquais surgit de sous le porche d'entrée et les rejoignit.

– Ah, je vous ai cherchée partout, madame ! fit-il en s'inclinant. Avez-vous pu rencontrer le sieur de Bergerac ?

– J'ai de mauvaises nouvelles, Lélie, soupira Logicielle. L'attentat contre Cyrano vient d'avoir lieu. Nous avons identifié l'assassin. Ah, oui, inutile de surveiller votre langage. Ce sont des amis du monde réel...

Tony était si perturbé par ces nouvelles que son œil gauche clignota de façon précipitée.

– Il faut que je fasse les présentations, reprit-elle. Lélie n'est pas un figurant, inspecteur Germain, mais le responsable du projet Troisième Monde, le principal assistant de M. Kostovitch.

À son tour Max serra la main de Tony et répondit à son clin d'œil.

– Que pensez-vous faire, à présent ? leur demanda Tony.

– Ma foi, dit Logicielle, si vous nous trouviez une place discrète chez Mariane, au besoin dans un placard, nous serions ravis de nous déconnecter pour regagner nos pénates.

Désignant les gens qui déambulaient alentour, elle ajouta à voix basse :

– Je crains que les intrus ne commencent à se multiplier, ici.

– Qu'est-ce qui te fait croire ça ? s'étonna Max.

– Une impression. Et une déduction, aussi. D'ailleurs, vous avez remarqué ? Il n'y a déjà plus un seul figurant parmi nous quatre…

– Le Bret… alors c'était Le Bret ! Incroyable, son ami d'enfance !

Perrault était stupéfait. Kosto lui entoura les épaules ; mais il jouait mal la comédie. Cette nouvelle laissait le PDG indifférent.

– Que veux-tu, mon brave Jean, lui dit-il, on n'est jamais mieux trahi que par les siens !

– N'oubliez pas que les événements suivent un autre cours, monsieur Perrault ! ajouta Logicielle en guise de consolation. La culpabilité de Le Bret est aussi sujette à caution que l'assassinat de Louis XIV !

– Le Bret ! s'entêtait l'universitaire. Mais quelle est la femme qui se cache là-derrière ?

– Il faut toujours chercher la femme ! fit Kosto dans un rire un peu gras.

Il dégrafa un bouton de sa chemisette et s'éclaircit la voix.

– Bon. Maintenant que Jean connaît l'assassin grâce à vous, Logicielle, si nous nous occupons de l'essentiel ?

Exact, songea-t-elle, il reste à localiser le lieu d'émission des pirates. À les identifier. À découvrir les preuves que nous pouvons retenir contre eux.

Le soir de ce dimanche mémorable, à peine rentrée chez elle, elle téléphona à Max. Son répondeur débitait le message laconique habituel. Elle était furieuse.

– Qu'est-ce qu'il attend ? Que je me branche ? J'existe tout de même ailleurs que dans le virtuel !

Le lendemain, elle passa une heure avec Delumeau qui voulait être tenu au courant des événements de la veille. Son supérieur, comme Kosto, se moquait de Cyrano et de son assassin. Seuls les pirates l'intéressaient.

Logicielle déjeuna à la cafétéria voisine en compagnie de quelques collègues. Elle avait l'esprit ailleurs. Elle songeait à Cyrano. Était-il gravement blessé ? Pourrait-elle le revoir ?

En revenant dans son bureau, la surprise la cloua sur place. Delumeau était là, face à l'écran de l'OMNIA 3, le regard fixe et hagard. Restée prudemment sur le seuil, elle l'apostropha, tapa du pied, hurla, frappa dans ses mains... Rien n'y fit, son supérieur était plongé dans l'univers virtuel du Troisième Monde !

Et Logicielle, brusquement, comprit. Cette anomalie n'avait qu'une explication possible.

C'était la dernière pièce d'un puzzle qui, une fois en place, donnait soudain un sens à l'ensemble du tableau.

Ses déductions entraînèrent des conclusions, qui se transformèrent en évidences.

Elle s'assit, reprit ses esprits et murmura :

– Ils ont osé… Quelle horreur !

À côté d'elle, le commissaire Delumeau, le visage béat, semblait nager dans un bonheur inhabituel. Presque incongru.

Logicielle calcula son élan, ferma les yeux, entra dans le bureau et parvint à déconnecter le site. Delumeau resta longtemps sonné, comme un boxeur débutant qui a subi l'assaut d'un champion.

– Vous pourriez me laisser, commissaire ? lui dit-elle. J'ai à faire.

Il venait de sortir, encore hébété, quand le téléphone sonna.

– Logicielle ? Ici Perrault.

– Je suis ravie de vous entendre. J'ai du nouveau.

– Moi aussi hélas. Impossible de mettre la main sur Cyrano !

Elle faillit lui rétorquer que le problème de son ancêtre était passé au second plan. Mais quand elle revit les poutres tombant du toit, l'écrivain allongé à terre, la tête ensanglantée… sa gorge se serra à nouveau. Pourquoi le sort de Cyrano l'obsédait-il autant ?

– Il a été transféré hier après-midi à l'hôpital Nicolas-Houël, précisa-t-il. Je m'y suis rendu ce matin. Il n'y était plus, une voiture était venue le prendre une heure auparavant.

– Comment ? Alors il est guéri ?

– Pas du tout. Il avait repris conscience, mais son état était désespéré. Personne n'a su me dire où il avait été emmené !

– Écoutez, monsieur Perrault, je crois savoir où est Cyrano.

Une main se posa sur l'épaule de Logicielle. Elle releva la tête. En apercevant Max, elle resta muette un instant.

– Logicielle ? Vous m'entendez ? insista le professeur au bout du fil.

– Oui. Non... Je vous rappelle bientôt !

Son collègue se tenait devant elle, un rien penaud. Il expliqua à voix basse :

– Voilà. Je suis revenu. Je crois que je suis à peu près guéri.

Il portait un tee-shirt représentant un célèbre héros à cheval. « I am a poor lonesome cowboy » affirmait la légende.

– Et toi ? demanda-t-il enfin.

Elle faillit lui répliquer qu'elle n'était pas malade.

– Écoute, Max. Tu tombes bien. Je pense être sur le point de résoudre l'affaire du Troisième Monde.

Il fit la grimace. Même entendre ces deux mots l'irritait.

– Si tu revenais un peu à la réalité ? lui dit-il.

Elle lui expliqua ce qu'elle avait découvert jusqu'ici. Notamment ses soupçons concernant les Simples Officiants. Il hochait la tête.

– Bon. Mais es-tu sûre que cette affaire mérite tant d'efforts ? Qu'est-ce que cela peut faire que cette secte ait envahi ce site ? Réfléchis. Tout cela n'est pas vrai, Logicielle. Louis XIV n'a pas été assassiné. Il est mort en 1715. Que nous importe ce qui se passe dans le virtuel !

– Détrompe-toi, Max. C'est plus grave que tu ne le crois. Vois-tu, le virtuel perturbe le réel, il l'influence, il le guide…

– Que veux-tu dire ?

Elle réfléchit pour clarifier sa pensée.

– Autrefois, on croyait que c'était le réel qui gouvernait l'imaginaire. Aujourd'hui, la situation s'est retournée.

– Je ne comprends pas.

– C'est pourtant simple, Max ! Si les héros de l'image copient la réalité, l'inverse se produit de plus en plus. La publicité lance des modes, les images proposent des modèles…

– D'accord. Et alors ?

– Alors notre quotidien récupère, utilise et intègre l'imaginaire véhiculé par les médias : radio, télévision, cinéma... Dans ce siècle régenté par l'information et la communication, le réel ne sert plus guère de norme à l'imaginaire, Max. Ce sont les nouveaux imaginaires qui servent de repères pour construire une nouvelle réalité !

– Euh... ta théorie va un peu trop loin pour moi. Où veux-tu en venir ?

– À cette question : Et si conquérir le monopole de l'imaginaire, c'était devenir le futur maître du réel ?

Le téléphone se remit à sonner. Elle décrocha.

– Logicielle ? Ici...

– Oui, monsieur Perrault ! S'il vous plaît, accordez-moi une heure ou deux pour retrouver Cyrano ! En attendant, pouvez-vous prévenir Kosto ? J'aimerais que nous nous réunissions tous ce soir au siège de NCF. J'insiste : tous. Oui, au trente-troisième étage. Disons vers dix-huit heures. Entendu ?

Elle raccrocha et déclara à Max en désignant l'OMNIA 3 :

– Il va falloir que je me branche. Sans doute pour la dernière fois.

Une fois de plus, il soupira, résigné.

– D'accord. Mais je t'accompagne.

– Non, Max. N'importe qui pourrait entrer ici, tu comprends ? Tu assureras la veille. Je te demande ce service. J'essaierai de faire vite.

– Oh, je sais bien à qui tu vas rendre visite.

– Ne me dis pas que tu es jaloux ? Il s'agit d'un simple… jouet informatique. Un fantôme.

– Je redoute les fantômes, avoua Max. Et j'ai horreur quand tu joues.

14

En réapparaissant dans l'antichambre, Logicielle sut soudain ce qui lui manquait : de l'argent ! Elle se risqua dans le couloir, entra dans la chambre de Mariane. Elle ouvrit les tiroirs d'un petit meuble en bois de rose et y découvrit quelques pièces.

Arrivée dans la rue, qui grouillait de passants, elle se mit en quête d'un coche. Elle parvint à en héler un. Le postillon l'aida à monter.

– Conduisez-moi à Sannois. Au couvent !

Pour toute réponse, l'homme fouetta ses chevaux. Le temps était clair et beau. À présent, on distinguait à l'horizon de nombreux villages. Cette vision, trop nette, lui donna le frisson.

En se retournant, presque par hasard, elle vit qu'une voiture les suivait. Allait-elle être prise en chasse par les gardiens du Saint-Office ?

Déposée devant la porte du couvent, Logicielle tira la cloche. Le visage d'une jeune religieuse apparut derrière les croisillons de bois.

– Le sieur de Bergerac est-il là ? demanda-t-elle.

– Oui. On l'a amené ce matin.

– J'aimerais le voir. Lui parler.

Cette demande mit la sœur dans l'embarras.

– Attendez. Je vais appeler la mère supérieure.

Bigre, pénétrer ici semblait plus compliqué que se faire admettre dans un salon ! Logicielle entendit le bruit d'une voiture qui s'arrêtait. À cet instant le guichet se rouvrit. Une religieuse âgée, aux traits sévères, la dévisagea avant de déclarer d'une voix douce :

– Le sieur Cyrano est à l'agonie. Il s'apprête à mourir chrétiennement.

Logicielle s'attendait à une réponse de ce genre. Mais elle fut surprise par la détresse qui la submergea.

– Le médecin a affirmé qu'il passera avant la nuit. On lui a administré l'extrême-onction. C'est miracle qu'il soit encore en vie.

Logicielle défaillait. Des bras fermes la retinrent.

– Nous sommes de ses amis, dit alors la voix de Max. Nous aimerions voir le sieur Cyrano.

– Seriez-vous son confesseur ? demanda la mère supérieure avec ironie.

– S'il vous plaît, insista Logicielle, avertissez-le que Laure de Gicièle est là !

La religieuse jaugea la visiteuse deux secondes.

Le guichet se referma une nouvelle fois. Logicielle se tourna vers Max.

– Tu es fou de m'avoir suivie! Où te trouves-tu en ce moment?

– Dans ton bureau, assis à côté de toi. Oh, sois sans crainte. J'ai fermé la porte et Jean-François fait le guet. Personne ne nous dérangera.

Trois minutes plus tard, la porte du couvent s'ouvrait, dévoilant un paisible jardin fleuri entouré de promenoirs voûtés, à colonnes.

– Vous pouvez entrer un instant, madame, déclara la mère supérieure. Ah non, jeune homme, pas vous!

Naïvement, Max s'était avancé. Devant le regard offusqué de la religieuse, il s'effaça. Logicielle, navrée, lui adressa un signe de consolation. Et la lourde porte se referma sur elle.

La mère supérieure précéda Logicielle dans une petite cellule dont la porte, grande ouverte, laissait pénétrer l'air d'été et les chants des oiseaux. Cyrano gisait là, sur un grabat recouvert d'un drap, le teint terreux et la tête entourée d'un linge sanglant. En le voyant ainsi, Logicielle faillit éclater en sanglots. L'écrivain, les yeux mi-clos, esquissa un pauvre sourire, eut un geste pour lui tendre la main. Mais il était si faible que son avant-bras retomba.

– Laure… chère Laure ! Ainsi, mon vœu s'exauce…

Sa voix était encore plus sifflante et rauque qu'à l'ordinaire.

– Oui, c'est avec vous que je souhaitais vivre mes derniers instants.

Elle s'approcha, s'agenouilla au pied du lit.

– Cyrano, gémit-elle. Vous n'allez pas mourir. Pas maintenant !

– « Et puis mourir n'est rien, c'est achever de naître » ! répondit-il en déclamant le vers d'une de ses pièces.

– Ne dites rien. Et surtout pas de telles sottises !

Elle sortit d'une poche de sa robe le livre que lui avait confié Perrault.

– Vous vous éteindrez sagement le 28 juillet de l'an prochain. Chez des cousins. À Argenteuil. Vous le savez. C'est écrit ici.

– Les livres mentent souvent. Je suis bien placé pour le savoir, j'en écris ! Par pitié, Laure, ne me cachez plus la vérité.

– La vérité ? Que voulez-vous savoir ?

– Ce que vous savez et que j'ignore encore. De quoi est fait ce monde qui nous entoure ?

Il livrait ses derniers efforts pour parler. Logicielle savait que toute sa vie Cyrano avait tenté de percer les secrets de la matière, de l'univers, de la vie. Mais que pouvait-elle expliquer de cohérent à ce double virtuel ?

186

– Votre monde, Cyrano, n'est qu'un reflet du monde d'où je viens... Un reflet de la réalité. Un simulacre que nous avons créé.

Il rumina cette révélation en silence.

– Après ma mort, qu'est-ce donc qui m'attend?

D'une voix nouée, elle avoua :

– Le néant.

Il ne parut guère étonné.

– En somme, déduisit-il, vous possédez un terroir, une naissance, une mémoire... Et moi, je suis de nulle part. Mais puisque j'existe aujourd'hui, j'ai dû organiser le néant dont je suis sorti... Désormais, c'est mon territoire. Je le façonne et l'ai fait mien. Et vous voudriez m'en exclure, vous l'approprier? De quel droit?

Elle n'avait encore jamais songé à cela. Il renchérit :

– Apprenez qu'il y a un risque à créer : celui d'être dépossédé. Ce n'est même pas un risque, c'est une nécessité.

La souffrance lui arracha un cri. Il eut la force de se citer une nouvelle fois :

– *Une heure après la mort, notre âme évanouie
Sera ce qu'elle était une heure avant la vie...*
Et vous, Laure, mourrez-vous un jour? Serez-vous condamnée au néant vous aussi?

– Je... oui. Sans doute.

– Votre néant sera-t-il différent? ajouta-t-il en la fixant. Non? Alors quel que soit le monde d'où vous venez, votre sort sera identique au mien ! Vous et moi ne sommes que des personnages. Des pantins.

Elle eut envie de lui crier « c'est ça, vous y êtes ! » quand il acheva :

– Je crois que ceux qui m'ont créé, Laure, sont eux aussi des acteurs au milieu d'un décor ! Mais ils l'ignorent. Ils croient diriger le spectacle quand ils ne font que réciter un texte. Dommage que je ne puisse comprendre l'intention de l'auteur... Car pour moi, le rideau va tomber.

Qui pouvait dicter à Cyrano ces surprenantes réflexions ? La réponse : *les liaisons neuroniques d'une intelligence artificielle nourrie par une banque de données* ne la satisfaisait pas totalement.

Il tremblait, chercha la main de Logicielle. Elle se pencha sur le moribond.

– Avant de mourir... commença-t-il.

– Vous ne mourrez pas, Cyrano !

Elle voulait se persuader que, d'une certaine façon, c'était vrai.

– Mourir, parodia-t-il, mais à tout prendre, qu'est-ce ? Accepter le point final qui clôt la phrase de notre vie... Mais le livre n'est pas achevé ! Il restera de moi un souvenir, un mythe, qu'entretiendront ceux qui m'ont connu et aimé.

Sa voix n'était plus qu'un filet minuscule. Et son regard une lueur.

– Laure, j'aurais à vous demander une ultime faveur.

– Laquelle ?

– La preuve que vous existez. Un signe palpable, un baiser.

Elle recula sous l'effet de la surprise, hésita peu. Puis se pencha pour effleurer les lèvres de ce visage humide et brûlant de fièvre.

– Vous pleurez ? lui dit-il, ce qu'elle ignorait.

L'ombre de la mère supérieure se dessina dans l'encadrement de la porte. Logicielle se releva en reniflant.

Cyrano ne respirait plus. Il avait fermé les yeux. Sous le bandeau qui lui cernait la tête, ses lèvres dessinaient un sourire radieux.

– C'est bien, soupira la religieuse. Il s'était confessé ce matin. Il a une expression apaisée, on voit qu'il est réconcilié avec Dieu.

Logicielle n'osa pas la détromper.

– Je vais prévenir sa sœur, déclara la religieuse avant de s'éloigner. Elle assiste en ce moment à l'office.

Logicielle ne put se recueillir très longtemps. Bientôt, une sœur entra. Dans le contre-jour, Logicielle ne voyait pas son visage mais seulement sa cornette, agitée de petits tremblements.

– Madame de Gicièle a accompagné les derniers instants de votre frère, expliqua la mère supérieure. Il en avait exprimé le souhait. J'ai pensé…

– Vous avez fort bien fait, ma mère.

La voix de la nouvelle venue sembla très familière à Logicielle.

– Ainsi, vous êtes… Catherine ? demanda-t-elle en s'approchant.

La sœur de Cyrano ressemblait comme deux gouttes d'eau à la sœur de Jean Perrault. C'est-à-dire à la femme de Kosto.

Catherine, agenouillée devant le corps de Cyrano, semblait se recueillir. Ce qui laissa à Logicielle le temps de réfléchir.

Cette sœur à double titre, était-elle un figurant ou un avatar habité par la femme de Kosto ? Inutile de revenir à la réalité pour le savoir. La vérification pouvait avoir lieu ici et maintenant. Le temps pressait.

– Madame Perrault ? Pourrions-nous nous entretenir un instant ?

La sœur tressaillit sans cesser de prier, la tête basse.

– Pourriez-vous répondre à quelques questions ?

– Plaît-il ? fit-elle en levant les yeux. Est-ce à moi que vous vous adressez ?

– Oui. Et vous le savez bien.

Logicielle saisit la religieuse par le coude et l'obligea à la suivre dans le jardin.

– Depuis quand jouez-vous à ce petit jeu ? Depuis quand vous branchez-vous dans le Troisième Monde ?

– Je… je ne comprends rien à ce que vous me dites !

– Oh, n'essayez pas de fuir, mon adjoint m'attend à l'extérieur. Et la réalité ne vous servira pas de refuge, madame Kostovitch.

– Mais je suis Catherine de Bergerac, la sœur de Cyrano !

– Soit. Eh bien en ce cas, sœur Catherine, je vous accuse d'avoir commandité le meurtre de votre frère.

– Comment osez-vous ? C'est… c'est monstrueux ! Et ridicule !

– Non. C'est évident au contraire. Le Bret était amoureux de la sœur de Cyrano ! Cette passion datait sûrement de leur enfance commune. Mais, pour des raisons que j'ignore, Catherine a repoussé son soupirant. Elle a même pris le voile ! Le Bret, lui, l'aimait toujours. Il continuait de la voir, ou de correspondre avec elle. De cette liaison platonique est né un projet diabolique : sauver l'âme du malheureux Cyrano !

Tandis que Logicielle parlait, le visage de la religieuse blêmissait.

– Car Le Bret, sous l'empire de Catherine, devenait dévot. Sous leur double influence, Cyrano finit par s'assagir et contrefaire le repenti. Mais ce revirement était si fragile qu'il fallait, pour sauver définitivement l'âme du libertin, le faire mourir ! Oh, vous n'avez pas donné cet ordre…

Maintenant, Catherine reculait, tentait d'atteindre la porte du couvent.

– Sans doute avez-vous déclaré à Le Bret que si votre frère disparaissait maintenant, il gagnerait le ciel, il se repentirait ! N'était-ce pas le plus beau gage d'amour que Le Bret puisse vous livrer ? Devenir assassin et se condamner à l'enfer pour sauver l'âme de votre frère ?

– Jamais… jamais je n'ai dit cela !

– Peut-être. Mais il y a trois siècles et demi, la vraie sœur de Cyrano, elle, l'a pensé si fort que Le Bret a compris. Et cette disparition arrangeait ses affaires. Enfin débarrassé de cet ami qui sentait le soufre, il pourrait accéder à une carrière quasi ecclésiastique. Et publier, à titre posthume, le fameux *Autre Monde* de son ancien ami. En amputant le texte de passages trop audacieux. Et en le faisant précéder d'une préface où il se donnerait à lui, l'obscur Le Bret, le beau rôle !

Catherine ouvrit la bouche, parut chercher ses mots, bredouilla :

– Je ne comprends rien à ce que vous dites.

– Vraiment ? Après tout, c'est possible. Car si vous êtes Catherine Kostovitch, vos intentions étaient différentes. Au fait, qu'avez-vous fait de l'autre Catherine ?

– Vous êtes folle, je crois. C'est… rocambolesque !

– Cette expression vous trahit. Quel rôle jouez-vous ici, madame Kostovitch ? Celui d'espionne au service des Simples Officiants ?

Logicielle agrippa la manche de la religieuse, qui dut croire qu'on l'appréhendait. Catherine ferma les yeux. Et d'un coup, s'effondra dans l'herbe, inanimée.

La mère supérieure accourut pour la secourir.

– La malheureuse ! s'exclama-t-elle. Elle s'est évanouie ?

– Normal, dit Logicielle. C'est le choc. Et je crains qu'elle ne mette longtemps avant de revenir à elle.

 **15**

Dans le coche qui les ramenait sur Paris, Max pressait Logicielle de questions.

– Un peu de patience, lui dit-elle. Nous allons rejoindre la réalité. Je vais bientôt tout expliquer.

De retour chez Mariane, ils se débranchèrent en même temps. Et se retrouvèrent dans le bureau du commissariat.

Logicielle appela miss Simpson sur son portable. Elle l'obtint immédiatement. Essayant de dominer son excitation, elle demanda à sa collègue d'Interpol si elle pouvait se rendre à NCF.

– Difficile, je suis à Bordeaux ! Nous y avions localisé hier le lieu d'émission du site du Troisième Monde. Mais il a changé cette nuit. Une fois de plus, les pirates nous ont échappé…

– Pourriez-vous rejoindre la préfecture ? Il existe là-bas un centre de téléconférence. Demandez qu'on vous mette en relation avec le siège de NCF, à la Défense.

– C'est urgent ?

– Oui. Je crois avoir tout compris. Mais j'ai besoin de votre présence, miss Simpson. Et de votre appui.

En raccrochant, elle songea à Germain. Elle tenta de le joindre. Au standard du commissariat de Bergerac, on l'avertit que le commissaire se trouvait à la centrale du Blayais.

– Inespéré ! s'écria-t-elle. Voyons, quel est son numéro de portable ?

Aussitôt en ligne, Germain lui répondit joyeusement :

– Être à la préfecture de Bordeaux dans une heure ? Aucun problème.

Quand elle appela NCF, Jean Perrault décrocha.

– J'ai retrouvé Cyrano. Il est mort, annonça Logicielle. Et je crois avoir compris les mobiles de son assassin.

Ne lui laissant pas le temps de recouvrer ses esprits, elle ajouta :

– Avez-vous pu joindre votre beau-frère pour la réunion de dix-huit heures ?

– Oui. Il est ici, avec nos informaticiens. Nous vous attendons.

– Je suppose que Mme Kostovitch ne vous a pas encore rejoints ?

– Non ! La présence de ma sœur est donc souhaitable ?

– Indispensable, monsieur Perrault. Indispensable.

– Il me semble… Attendez !

Il y eut une conversation de quelques secondes à voix basse.

– Vous tombez bien ! reprit-il. Elle est au bout du fil avec son mari. Il m'a appris qu'elle ne viendrait pas ce soir. Elle a une réunion…

– Je crois savoir de quelle réunion il s'agit. Monsieur Perrault, votre beau-frère pourrait-il me mettre en communication avec votre sœur ?

– Une minute.

– Mademoiselle Logicielle ? demanda bientôt une voix douce et polie.

– Madame Kostovitch ? Si vous n'êtes pas à NCF dans une heure, vous aurez toutes les brigades de la Défense et de Saint-Denis à vos trousses. Et l'affaire fera grand bruit.

– Mais je…

– Ah, inutile de prévenir qui que ce soit ! Votre ligne est déjà sur écoute. Et ne soyez pas étonnée si une voiture vous suit discrètement dès que vous aurez quitté votre appartement. À tout de suite.

Une seconde plus tard, Jean Perrault s'informait :

– Logicielle ? Vous désirez parler à quelqu'un d'autre ?

– Non. Je serai là dans moins d'une heure. Accompagnée de mon adjoint, ajouta-t-elle en se tournant vers Max.

En cette fin de mois d'août, la circulation restait dense. Quand la moto de Max arriva en vue de la Défense, il était dix-huit heures quinze. Il se tourna vers sa passagère pour lui crier :

– Ôte-moi d'un doute ! Tu as affirmé à Mme Kostovitch qu'elle était sous surveillance et sa ligne sur écoute. C'est exact ?

– C'était du bluff. L'essentiel, c'est qu'elle y croie.

Lorsque les portes de l'ascenseur s'ouvrirent sur la salle du trente-troisième étage, le brouhaha qui régnait s'éteignit d'un coup. Les informaticiens de NCF étaient regroupés auprès des OMNIA 3. Au fond, derrière un bureau, se tenaient Kosto, sa femme, Tony et Jean Perrault. Sur un écran, se trouvaient miss Simpson et l'inspecteur Germain.

Logicielle et Max s'avancèrent ; le personnel, d'instinct, se leva. Il régnait un silence solennel.

– Vous pouvez vous asseoir ! annonça Logicielle en souriant. Nous ne sommes pas au tribunal. Au cours de cette réunion, je me propose de vous livrer mes déductions. Et je suis ravie que vous soyez tous présents, ajouta-t-elle après un regard circulaire.

– Alors, vous avez identifié les pirates ? grommela Kostovitch.

Le PDG était sombre et nerveux contrairement à ce qu'affichait sa chemisette, une débauche de notes de musique où apparaissait, en leitmotiv, l'injonction « be happy ».

– Oui, dit Logicielle. Mais un petit historique s'avère indispensable. Vous m'entendez, miss Simpson ? Vous aussi, Germain ? Bien. Il faut revenir en arrière, à l'époque où Mme Kostovitch devient membre des Simples Officiants…

Dans l'assemblée, une rumeur enfla. Catherine avait pâli. Machinalement, elle porta la main à son cou, où, suspendu à sa chaîne en or, se balançait son médaillon. Elle fit mine de le glisser sous son corsage et y renonça.

– Logicielle, qu'est-ce qui vous prend ? rugit le PDG. Que viennent faire ici ces considérations personnelles ? Je ne vous permets pas…

– Navrée, monsieur Kostovitch. C'est nécessaire. Et je vous conseille de répondre à mes questions. Saviez-vous que votre épouse était membre de cette secte ?

– Une secte ? Mais pas du tout ! C'est une… enfin, c'est un regroupement de… Ma chérie, de quoi s'agit-il exactement ?

– Une branche de l'Église qui se veut fidèle aux dogmes bibliques et qui prône un retour aux vraies valeurs, répondit-elle comme on débite une leçon bien apprise. Notre maître nous appelle des croyants fondamentalistes.

– C'est exactement ça ! approuva son mari.
Voilà ce que sont les... euh, les vrais officiants.

Logicielle devina que Kostovitch était à mille
lieues des activités de sa femme. Homme
d'affaires débordé, il se consacrait à NCF corps
et âme et devait considérer les Simples Officiants
comme une quelconque association de bienfai-
sance.

– Soit, admit Logicielle. Donc, Mme Kostovitch assiste à des réunions hebdomadaires.
Elle parle avec ses condisciples. Elle fréquente
les responsables locaux de cette... organisation
pseudo-religieuse. Ses dirigeants savent parfaitement qui elle est : la directrice d'un grand
laboratoire et l'épouse du PDG de Neuronic
Computer France.

– Où voulez-vous en venir ? grommela Kosto
qui s'impatientait.

– Un jour, peut-être par hasard, elle évoque les
recherches auxquelles se consacre la firme de
son époux, le projet du Troisième Monde. Elle
parle aussi de ce patch que Tony est en train de
mettre au point.

– Vous croyez ? demanda Kosto qui, aussitôt, se tourna vers son épouse. Est-ce que c'est
vrai, Catherine ?

L'interpellée se contenta de hausser les
épaules.

– Après tout, ces informations n'étaient pas
top secret ! admit Logicielle. Ici, parmi vous,

chacun en parlait sûrement chez soi. Mais parmi les Simples Officiants, ces confidences remontent la filière. Et quelqu'un, en haut lieu, entrevoit le bénéfice que la secte pourrait en tirer... Un plan de bataille se dessine, une stratégie s'élabore ! Les Simples Officiants ne peuvent pas dominer le monde ? Tant pis, ils essaieront d'établir leur suprématie sur un immense univers virtuel... Ce projet servira de brouillon. De banc d'essai. Ou de répétition générale !

Sur l'écran, Germain fronçait les sourcils. Il visualisait encore mal le puzzle que Logicielle reconstituait. Miss Simpson, elle, jubilait.

– Il manque encore aux Simples Officiants l'essentiel : le logiciel du Troisième Monde et le patch qui permet de s'y brancher. Il faut que Mme Kostovitch les leur livre !

– Vous divaguez ! murmura Kosto.

– Elle l'a fait ! J'ignore quand, comment et sous quelles pressions. Mais elle l'a fait. Vous possédez le code du coffre-fort de la société, madame ?

Catherine rougit. Ce qui valait un aveu. Cette fois, le PDG se tourna vers sa femme pour lui demander d'une voix à peine audible :

– Tu as fait cela, ma chérie ?

Machérie rougit un peu plus fort et se contenta de baisser la tête.

– Mais pourquoi ? Pourquoi ? hurla-t-il en la saisissant par le bras.

– Au départ, je n'ai pas compris les objectifs des Simples Officiants, révéla-t-elle d'une voix blanche. Je voulais sauver nos âmes.

– Je me moque bien de mon âme ! glapit Kosto. Sais-tu que tu as pris le risque de nous ruiner ?

– Non. On m'avait affirmé que le chiffre d'affaires de NCF monterait. Et c'était vrai !

Kosto voulut répliquer. Mais il se contenta de prendre une énorme inspiration. Ce n'était ni le lieu ni le moment d'offrir une scène de ménage à ses employés.

– Allez-y, poursuivez ! ordonna-t-il à Logicielle.

– Auparavant, j'aimerais que Tony nous livre quelques explications sur le patch qu'il a mis au point...

– Qui ? Moi ? Moi ?

L'informaticien s'était levé comme un diable surgi d'une boîte. Un diable dont les tics redoublés accentuaient l'aspect de pantin.

– Oui. Rassurez-vous, Tony, vous n'êtes pas en cause. Vous avez sur vous l'un de vos patchs ?

Il en sortit un de sa poche. À croire qu'il en avait toujours un sous la main, entre son mouchoir et des chewing-gums.

– Avant de le fixer sur mon cou, Tony, vous m'avez affirmé que ce n'était pas un implant. Et ça n'en est pas un, en effet ! Pourriez-vous nous expliquer pourquoi vous avez renoncé à le greffer sous la peau ? La technique laissait-elle à désirer ?

– Oh non ! Les premières expériences d'interface homme-ordinateur ont eu lieu voilà plus de dix ans. En 1998, à l'université de Reading près de Londres, le professeur Kevin Warwock s'est greffé une minuscule capsule électronique dans le bras. Grâce à elle, il commandait l'ouverture des portes de son labo. Et, bien sûr, son ordinateur !

– En ce cas, Tony, pourquoi ne pas avoir envisagé un tel implant pour se brancher sur le Troisième Monde ?

– Parce que les utilisateurs ne sont pas psychologiquement prêts. Vous-même avez reculé quand j'ai voulu vous poser ce malheureux petit patch sur la nuque ! Un véritable implant, en outre, serait très contraignant parce qu'une fois le logiciel en fonction, vous plongeriez dans le virtuel malgré vous.

– Exact. Nous l'avons constaté à nos dépens.

– Mais je n'ai jamais mis d'implant au point ! se défendit Tony.

– Je vous crois. Mais les Simples Officiants, eux, l'ont fait.

Au milieu du silence qui se prolongeait, Logicielle reprit :

– De quoi ce patch se compose-t-il ?

– De composants moléculaires minuscules. Rien de nouveau ni de révolutionnaire. À l'université de Los Angeles, le chimiste James Health travaillait dès la fin du XXe siècle sur un ordinateur un milliard de fois plus efficace qu'un Pentium. Ses composants étaient des nanotubes en carbone.

– Plus clairement, Tony, et pour les néophytes, interrompit Logicielle en désignant l'écran, quelle est la taille de l'interface de votre patch ?

– Oh, de l'ordre du millimètre ! Mais il fallait qu'elle reste visible ! On l'a donc entourée d'une carapace afin de la saisir et de l'accrocher facilement sur la peau.

– Autrement dit, cette interface moléculaire pourrait être contenue là-dedans ?

Elle tira de sa poche l'un des tubes de comprimés que Kosto lui avait remis la veille.

L'information mit longtemps avant d'être acceptée et digérée.

– Non, murmura enfin le PDG. Vous voudriez dire que... ?

Il porta la main à sa poitrine, à son cœur. À son estomac. Parmi les informaticiens, des exclamations incrédules commencèrent à circuler. Max lui-même se pencha vers Logicielle pour lui chuchoter :

– Qu'est-ce que tu insinues ? Explique-toi !

– Je reprends. La direction des Simples Officiants possède le logiciel et sa mémoire. Ainsi que le patch et sa configuration moléculaire. Il suffit de copier cette interface. De la dupliquer. D'en fabriquer des milliers, des millions d'exemplaires...

– Mais quand ? Où ? Comment ? tonna Kosto-vitch.

– Je l'ignore. Peut-être dans l'entreprise de votre épouse, où certains employés pourraient appartenir à la secte ? Ou bien, que sais-je, en Asie du Sud-Est ! Les Simples Officiants disposent d'un vaste réseau. D'appuis solides. Ils recrutent des membres partout. Ils prétendent lutter contre la science, mais n'hésitent pas à utiliser les technologies de pointe pour parvenir à leurs fins. J'ignore sous quelle forme ces interfaces sont parvenues dans le laboratoire de Mme Kostovitch. Et quelles complicités ont été nécessaires pour les intégrer à grande échelle aux capsules d'iode. Mais une fois ce dispositif en place, il ne reste plus qu'à enclencher le processus.

– Quel processus ? s'inquiéta Perrault.

– Celui qui entraînera le développement exponentiel du Troisième Monde. Et par voie de conséquence la prise du pouvoir par les Simples Officiants. D'abord dans un univers virtuel, en attendant mieux. Car les visées du gourou Adam-Sun sont sûrement plus ambitieuses... Donc, pour lancer la machine infernale, il faut provoquer un premier accident nucléaire.

– L'attentat contre la centrale du Blayais, glissa Germain.

– Facile : un couple d'ingénieurs, membres de la secte, y travaille.

– Ça paraît invraisemblable ! s'écria miss Simpson. Des scientifiques de haut niveau devenus des religieux fanatiques ?

– Ou des fanatiques religieux chargés d'infiltrer le milieu scientifique ! suggéra Logicielle. Ces ingénieurs trop confiants ignorent qu'après avoir commis leur forfait, ils seront liquidés.

– Je comprends, murmura Kostovitch en pâlissant. Une fois les fuites radioactives déclarées, la population a été invitée à se procurer des capsules d'iode et... vous voulez dire, Logicielle, que nous tous, ici... ?

– Pas seulement nous tous. Soixante millions de personnes, en avalant leurs capsules d'iode, ont ingurgité l'interface permettant de se brancher sur le Troisième Monde !

– Et notre organisme n'a pas rejeté ce corps étranger ? demanda Kosto.

Il se tourna vers sa femme et la saisit à nouveau sans ménagement.

– Ce parasite est donc accroché à l'intérieur de chacun d'entre nous ? Mais comment as-tu osé ?

– Oh, ça ne pose pas de problème, interrompit Tony qui semblait réfléchir à haute voix. L'interface a dû être programmée avec un agent chimique chargé de la fixer sur la paroi de l'estomac.

– C'est monstrueux ! rugit Kostovitch. Et toi, Catherine, tu t'es faite complice de ce... ce complot ? Jamais je ne t'aurais crue capable de...

– Tu avais raison, François-Paul, murmura perfidement Perrault. On n'est jamais mieux trahi que par les siens. Et il faut toujours chercher la femme.

– Si vous le permettez, dit Logicielle, j'aimerais achever.

– À quoi bon ? grogna Kosto. La suite est facile à deviner ! Juste après le premier attentat nucléaire, les responsables des Simples Officiants ont lancé le site du Troisième Monde sur Internet. Ils avaient eu tout loisir d'investir les lieux et les personnages depuis que Catherine leur avait livré le logiciel !

Perrault leva la main pour réclamer la parole :

– Et l'assassin de Cyrano, Catherine ? dit-il en la foudroyant du regard. Ne me dis pas que partir à sa recherche était un simple prétexte ?

Personne ne sut interpréter le silence tendu qui s'installait entre le frère et la sœur. Soudain, une phrase revint à la mémoire de Logicielle, un aveu fait par Jean Perrault lors de leur toute première entrevue.

– C'est vous, madame Kostovitch, qui avez persuadé votre frère et votre mari de créer ce Troisième Monde ! s'exclama-t-elle. L'an dernier !

– Moi ? Mais je…

– Votre frère me l'a révélé. Ma sœur, m'a-t-il dit, nous a persuadés, son mari et moi, de nous lancer dans un projet un peu fou. Contrairement à ce que j'affirmais, il n'y a donc jamais eu de hasard. Dans cette affaire, la secte tire les ficelles depuis le début !

– Depuis quand soupçonnez-vous ma femme ? demanda Kosto.

– Hélas, j'aurais pu le faire dès notre première rencontre. Rappelez-vous, dans le parking, en nous quittant, elle a déclaré qu'elle se rendait à sa réunion hebdomadaire d'officiante. C'est bien plus tard que ce mot a fini par faire tilt. Surtout quand j'ai cru reconnaître le fameux symbole sur la médaille qu'elle porte au cou.

– Et... comment avez-vous découvert que l'interface se trouvait dans les capsules d'iode ? ajouta Tony.

– Quand notre supérieur, le commissaire Delumeau, est rentré de Grèce. Il n'avait pas encore eu sa capsule et restait extérieur au Troisième Monde ! Mais après l'avoir avalée ce matin, il y a plongé comme nous.

Le professeur leva la main une fois encore et s'éclaircit la voix.

– Pardonnez-moi de revenir à Cyrano. Où l'avez-vous retrouvé ? Et quels étaient les mobiles de son assassin ?

Malgré le soupir irrité de Kostovitch, Logicielle répondit :

– J'y viens, monsieur Perrault.

Elle expliqua comment, au couvent, elle avait assisté à la fin de l'écrivain, puis reconnu, questionné et accusé Mme Kostovitch.

– Toi, Catherine ? fit son frère. Tu te connectais aussi ?

– Le couvent de Sannois constituait une excellente cachette ! précisa Logicielle. Quand Catherine se débranchait, son avatar restait agenouillé en pénitence ou livré à des prières prolongées. Personne ne la dérangerait ! Vous encore moins que quiconque, puisque aucun homme n'était admis au couvent.

– Sauf Cyrano ! coupa son frère.

– Eh oui. Elle tirait sûrement de lui chaque jour des informations, elle l'influençait... Elle pouvait même lui confier des lettres et des directives destinées à son vieux soupirant !

– Mais nous avions déjà une Catherine, dit Tony. Un avatar, je m'en souviens !

– Vous l'avez supprimé, madame Kostovitch, n'est-ce pas ?

– Oh non ! Je n'ai jamais vu ni connu l'avatar dont j'ai pris la place. Les Simples Officiants l'ont débranché. Et dès le début ! Pour que les autres sœurs du couvent ne connaissent que mon visage. Moi, j'ai toujours agi sur ordre.

– C'est aussi sur leur ordre que tu as suggéré à Le Bret d'assassiner Cyrano ? demanda son frère.

– Bien sûr ! Il fallait éliminer tous ceux qui, dans le Troisième Monde, propageaient des idées pernicieuses.

– Attends, Catherine, fit Kosto. Cette stupide histoire sentimentale avec Le Bret, ce n'est pas toi qui l'as vécue, quand même !

– Non. Je n'ai jamais vu cet homme. Mais il m'envoyait du courrier, en effet. Et j'ai cru deviner entre les lignes de la jalousie envers Cyrano.

Elle hésita, rougit une nouvelle fois avant d'ajouter :

– Et envers moi, une passion dévorante, entière, aveugle. Une passion que j'ai utilisée, je le reconnais, pour arriver à nos fins.

– Qu'est-ce qui vous gêne, monsieur Perrault ? demanda Logicielle.

– Ma sœur à l'origine de l'assassinat de mon ancêtre... qui l'eût cru ?

Tous deux se jetèrent un étrange regard. Logicielle y devina un règlement de comptes. Le frère et la sœur partageaient-ils un vieux secret familial ? Elle risqua :

– Ces explications ne vous suffisent pas, monsieur Perrault ?

– Non. Car nous ne connaîtrons jamais les vrais auteurs de cet attentat. La version que nous possédons est une parodie. Avec une secte dans le rôle de l'Inquisition et ma sœur dans celui de Catherine...

– Je crois pourtant que nous sommes arrivés au bout, conclut Logicielle. À présent, madame Kostovitch, je vous mets entre les mains de miss Simpson.

Catherine se retourna. En voyant sur l'écran l'expression rigide de la représentante d'Interpol, elle sursauta et bredouilla :

– Qu'attendez-vous de moi ?

– Des noms. Des adresses. Votre déposition et vos aveux complets. Ils vous permettront d'obtenir des circonstances atténuantes.

– Mais je n'ai tué personne !

– Vous avez livré des secrets informatiques appartenant à la firme de votre mari. Certes, il peut ne pas porter plainte contre vous.

– Vous risquez en outre d'être inculpée pour complicité dans l'attentat de deux centrales nucléaires, déclara Germain.

– Comment ça ? Mais je n'étais pas au courant ! J'ai obéi...

– Sur ordre, évidemment ! compléta le commissaire de Bergerac. Vous ne vous doutiez pas que les Simples Officiants iraient toujours plus loin ?

Elle réfléchit. Renifla. Saisit le médaillon qui pendait à son cou. François-Paul Kostovitch était effondré. Brusquement, il prit sa femme dans ses bras et la serra contre lui, bredouillant :

– Ma chérie... ah, ma chérie !

Puis il se tourna vers ceux qui l'observaient, interdits.

– Tout cela est aussi ma faute ! révéla-t-il. Si j'avais été plus présent, si j'avais mieux compris... Oui. Je porte une grosse part de responsabilité.

À cet instant, Mme Kostovitch arracha sa chaîne d'un geste sec.

– Miss Simpson ? déclara-t-elle sur un ton apaisé. Vous aurez tous les renseignements que vous désirez.

Elle se leva sans lâcher la main de son mari, ferma les yeux et dit :

– Je dois vous l'avouer, je suis soulagée que ce soit fini ! Quand j'ai voulu prendre du recul avec les Simples Officiants, ils ont renforcé leur emprise. Je leur avais déjà livré des renseignements. Ils avaient des moyens de pression sur moi. J'étais devenue leur otage. Maintenant, je suis délivrée. Et je vous remercie.

Elle regarda Logicielle en face et, pour la première fois, lui sourit.

– Si vous n'avez plus rien à ajouter, chuchota Kostovitch à Logicielle, pourriez-vous faire évacuer la salle ? Vous comprenez, nous allons finir de régler ce problème, euh... en famille.

Les informaticiens partirent. Dans l'immense salle du trente-troisième étage, il ne restait plus que des ordinateurs muets. Plus jamais aucun d'entre eux sans doute ne se connecterait avec le Troisième Monde.

Autour du bureau, la petite équipe de NCF serra les rangs. Logicielle et Max s'approchèrent de François-Paul Kostovitch pour prendre congé. Le PDG tenait toujours la main de sa femme. Bientôt, elle devrait pourtant le quitter puisqu'elle s'était engagée à se mettre à la disposition de la justice.

– Je vous remercie, Logicielle, bredouilla Kosto en lui secouant la main avec vigueur et maladresse. Comme à l'habitude, vous avez été...

– J'ai fait ce que j'ai pu, monsieur Kostovitch. Et je suis désolée pour votre Troisième Monde.

– Grâce aux renseignements que lui fournira Catherine, miss Simpson localisera vite le lieu d'émission. Le réseau des pirates sera démantelé. Mais vous avez raison, Logicielle, le Troisième Monde a vécu. Personne n'y touchera jamais plus.

Avant de s'engouffrer dans l'ascenseur, Logicielle adressa un signe à Jean Perrault. L'universitaire avait le regard vide et lointain. Juste avant que les portes ne se referment sur les deux policiers, il désigna les OMNIA 3 et, avec une certaine emphase, jeta :

– Le Troisième Monde, Logicielle, c'était quand même une belle idée...

 **Épilogue**

Le site du Troisième Monde fut localisé par miss Simpson le soir même. Le lendemain, il disparaissait du réseau Internet. Aux informations télévisées, la nouvelle occupa vingt secondes d'antenne : certains membres d'une secte, les Simples Officiants, étaient soupçonnés d'être à l'origine de l'attentat de la centrale du Blayais. L'enquête pourrait remonter jusqu'aux responsables qui, aux États-Unis...

Sur ce commentaire était diffusé un extrait de l'intervention d'Adam-Sun datant de la semaine précédente.

C'étaient déjà des images d'archives.

La plupart des responsables des Simples Officiants furent mis en examen. Leur procès resta discret. La secte fut démantelée. Il est probable qu'elle réapparut quelques mois plus tard, et bien sûr sous un nom différent.

Le problème de santé publique demeurait. Bien qu'indécelable, indolore et désormais inopérante, il restait à débarrasser plusieurs millions de personnes de l'interface qu'elles possédaient, sans le savoir, fixée à la paroi de leur estomac.

Catherine Kostovitch préconisa une procédure semblable à celle qui avait permis de les installer : l'ingestion obligatoire d'une nouvelle capsule d'iode qui fut distribuée à l'échelle nationale, et dont les composants chimiques éliminèrent discrètement le microscopique corps étranger.

Avec l'arrivée de l'automne, le commissaire retrouva sa mauvaise humeur coutumière.

Aucun doute... Tout était redevenu normal.

Ainsi que l'avait espéré le personnel de la brigade de Saint-Denis, Delumeau donna son accord pour la fête du 25 novembre.

Ce soir-là, au commissariat, eut lieu un grand bal. Pour l'occasion, chacun était venu déguisé et le visage couvert d'un masque ou dissimulé par un loup. Logicielle portait une robe quasiment identique à celle que portait Laure, son avatar du Troisième Monde. Pour dissimuler ses traits, elle avait choisi un masque blanc vénitien en dentelle. On eût dit que ses collègues s'étaient donné le mot. La plupart étaient déguisés en mousquetaires, avec rapière, petite moustache et perruque bouclée. Beaucoup s'étaient affublés d'un faux nez du plus pitoyable effet.

D'autres, plus provocateurs, portaient une ample cape violette et une cagoule de cambrioleur. Quant au commissaire Delumeau, il était aisément identifiable : il était venu avec son costume habituel et s'était affublé d'un masque de bouledogue.

Après avoir grignoté quelques petits-fours et ouvert le champagne, les collègues de Logicielle lui offrirent solennellement un couvre-chef aux larges bords, orné d'une plume. Un chapeau baroque et somptueux qu'elle ne pourrait jamais porter. Sauf au mariage d'une princesse. Ou pour un autre bal costumé.

– De la part de toute la brigade, et avec les compliments de notre cher commissaire ! lui dit l'un des vingt-six mousquetaires.

Il lui désigna Delumeau et chuchota :

– On s'y habitue très vite, non ? C'est si ressemblant ! À la longue, on jurerait même qu'il ne porte pas de masque !

Enfin, quelqu'un mit de la musique. Un orchestre entama une valse. C'était le signal convenu. Aussitôt affluèrent et se bousculèrent en direction de Logicielle une troupe hétérogène de mousquetaires et d'Inquisiteurs. Une voix s'éleva pour mettre de l'ordre :

– Pardon... Pardon... Vous permettez ?

D'une démarche un peu pataude, le commissaire se fraya un chemin parmi ses hommes qui se résignèrent à le laisser passer.

– M'accorderez-vous cette danse, madame ? demanda aimablement le bouledogue.

– Je suis navrée, monsieur, répondit Logicielle. Mais elle est réservée depuis très longtemps.

À la surprise générale, elle se dirigea vers le fond de la salle où se tenait, à l'écart, un gentilhomme en pourpoint bleu clair. Un masque blanc dissimulait entièrement son visage. Logicielle effectua devant lui une légère révérence et lui prit la main. L'autre parut surpris. Mais il se laissa entraîner. Et tous deux, bientôt, évoluèrent seuls sur la piste au milieu des regards envieux.

– Vous avez pris un risque en m'accordant la préférence, dit l'inconnu qui s'exprimait d'un ton rauque.

– Vous n'avez pas l'air très gai. Et vous avez une voix si étrange...

– C'est une vieille blessure, avoua le gentilhomme. Mais je suis sûr qu'elle va bientôt guérir.

Le rythme s'accélérait ; le cavalier de Logicielle la serra un peu plus contre lui. Leurs visages se touchaient presque. Elle murmura :

– Savez-vous que votre voix et votre attitude me rappellent quelqu'un ?

– Quelqu'un que vous auriez connu autrefois, ou dans une autre vie ?

– Ou dans un autre monde...

– Un homme, je suppose, que vous avez beaucoup aimé?

À présent, son cavalier avait la voix de Max.

– Qu'importe, lui chuchota-t-elle. Ce Troisième Monde n'existe plus.

– Moi tu sais, Logicielle, un seul monde me suffit. Surtout si tu en fais partie.

Ce roman a été publié avec le concours
du Centre National des Lettres

L'AUTEUR

Christian Grenier est né à Paris en 1945. Depuis 1990, il vit de sa plume... dans le Périgord.

En 1993, sa fille le met au défi d'écrire un polar. Il décide de la mettre en scène déguisée en lieutenant de police, dans un « roman policier en cinq actes », *Coups de théâtre*, où lui-même apparaît en commissaire vieillissant. Ainsi naissent Logicielle et Germain Germain-Germain. Encouragé par ses lecteurs (et par sa fille !) il récidive avec *L'Ordinatueur*, où Max se révèle un adjoint fidèle, attachant et... possessif. Depuis dix ans, la jeune informaticienne mène enquête sur enquête entre Paris et Périgord, dans le milieu des orchestres symphoniques (*Arrêtez la musique !*), sur le Net (*@ssassins.net*) et jusqu'à l'île de la Réunion (*Simulator*) !

Pour en savoir plus sur Christian Grenier, visitez son site sur :

http://www.noosfere.org/grenier

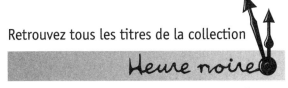

Achevé d'imprimer en France en juillet 2004
sur les presses de l'imprimerie Hérissey à Évreux
Dépôt légal : août 2004
N° d'édition : 4076
N° d'impression : 97424